Édition bilingue audio
ANGLAIS-FRANÇAIS

*Pour écouter la lecture de ce livre*
*dans sa version anglaise*
*scannez le code en début de chapitre avec :*
*votre téléphone portable, votre tablette*
ou bien votre webcam depuis le site https://webqr.com

Roman
Littérature américaine

*Titre original :*
**RAPPACCINI'S DAUGHTER**

*Traduction française :*
Édouard-Auguste Spoll

*Lecture en anglais :*
Brett W. Downey


ISBN : 978-2-37808-011-2
© L'Accolade Éditions, 2018

NATHANIEL HAWTHORNE

# LA FILLE DE
# RAPPACCINI

L'ACCOLADE
Éditions

A young man, named Giovanni Guasconti, came, very long ago, from the more southern region of Italy, to pursue his studies at the University of Padua. Giovanni, who had but a scanty supply of gold ducats in his pocket, took lodgings in a high and gloomy chamber of an old edifice which looked not unworthy to have been the palace of a Paduan noble, and which, in fact, exhibited over its entrance the armorial bearings of a family long since extinct. The young stranger, who was not unstudied in the great poem of his country, recollected that one of the ancestors of this family, and perhaps an occupant of this very mansion, had been pictured by Dante as a partaker of the immortal agonies of his Inferno. These reminiscences and associations, together with the tendency to heartbreak natural to a young man for the first time out of his native sphere, caused Giovanni to sigh heavily as he looked around the desolate and ill-furnished apartment.

Un jour, il y a déjà longtemps de cela, un jeune homme nommé Giovanni Guasconti arrivait des provinces méridionales de l'Italie pour terminer ses études a la célèbre Université de Padoue. Le jeune étudiant, qui n'avait pour toute fortune que quelques ducats d'or, choisit un logement dans un vieil édifice, ancien palais d'une noble famille padouane depuis longtemps éteinte, mais dont l'écusson décorait encore la porte principale. Giovanni, qui connaissait à fond la grande épopée italienne, se souvint, en considérant ces armoiries, qu'un des ancêtres de cette famille, peut-être même un des habitants de ce palais, avait été placé par Dante dans un des cercles infernaux ; et cette réminiscence, jointe au sentiment de tristesse naturel à celui qui pour la première fois quitte sa famille, serra le cœur du jeune étranger lorsqu'il entra dans la chambre vaste, unie et délabrée, qui allait être son appartement. Un soupir s'échappa de ses lèvres.

«Holy Virgin, *signor*!» cried old Dame Lisabetta, who, won by the youth's remarkable beauty of person, was kindly endeavoring to give the chamber a habitable air, «what a sigh was that to come out of a young man's heart! Do you find this old mansion gloomy? For the love of Heaven, then, put your head out of the window, and you will see as bright sunshine as you have left in Naples.»

Guasconti mechanically did as the old woman advised, but could not quite agree with her that the Paduan sunshine was as cheerful as that of southern Italy. Such as it was, however, it fell upon a garden beneath the window and expended its fostering influences on a variety of plants, which seemed to have been cultivated with exceeding care.

«Does this garden belong to the house?» asked Giovanni.

«Heaven forbid, *signor*, unless it were fruitful of better pot herbs than any that grow there now,» answered old Lisabetta. «No; that garden is cultivated by the own hands of *Signor* Giacomo Rappaccini, the famous doctor, who, I warrant him, has been heard of as far as Naples. It is said that he distils these plants into medicines that are as potent as a charm. Oftentimes you may see the *signor* doctor at work, and perchance the *signora*, his daughter, too, gathering the strange flowers that grow in the garden.»

The old woman had now done what she could for the aspect of the chamber; and, commending the young man to the protection of the saints, took her departure.

— Sainte Vierge ! s'écria la vieille Lisabetta, qui, séduite par la bonne mine du jeune homme, s'efforçait de mettre tout en ordre dans sa chambre, quel soupir vous poussez là, seigneur ! trouvez-vous cette vieille demeure si triste ? Regardez, je vous prie, par cette fenêtre qu'illumine un rayon de votre beau soleil napolitain.

Machinalement Guasconti se rendit au désir de la vieille femme, et le soleil lombard ne lui sembla pas, à beaucoup près, aussi gai que celui de son pays. Cependant il éclairait, à ce qu'il put voir, un assez beau jardin rempli d'une grande variété de fleurs qui paraissaient cultivées avec un soin extrême.

— Est-ce que ce jardin appartient à la maison ? demanda Giovanni.

— Le ciel nous en préserve, tant qu'il ne sera pas mieux fourni de légumes, répondit Lisabetta. Non, ce jardin appartient au docteur Giacomo Rappaccini, dont la réputation a dû s'étendre au delà de Naples, à ce que je présume. Il cultive ses plantes lui-même, et l'on prétend qu'il en distille des philtres puissants. Vous pourrez, seigneur, le voir souvent à l'ouvrage, ainsi que la demoiselle sa fille, émondant à l'envi les fleurs étranges de leur parterre.

La vieille femme ayant terminé les apprêts de la chambre du jeune homme, sortit en le recommandant à la garde de tous les saints.

Giovanni still found no better occupation than to look down into the garden beneath his window. From its appearance, he judged it to be one of those botanic gardens which were of earlier date in Padua than elsewhere in Italy or in the world. Or, not improbably, it might once have been the pleasure-place of an opulent family; for there was the ruin of a marble fountain in the centre, sculptured with rare art, but so wofully shattered that it was impossible to trace the original design from the chaos of remaining fragments. The water, however, continued to gush and sparkle into the sunbeams as cheerfully as ever. A little gurgling sound ascended to the young man's window, and made him feel as if the fountain were an immortal spirit that sung its song unceasingly and without heeding the vicissitudes around it, while one century imbodied it in marble and another scattered the perishable garniture on the soil. All about the pool into which the water subsided grew various plants, that seemed to require a plentiful supply of moisture for the nourishment of gigantic leaves, and in some instances, flowers gorgeously magnificent. There was one shrub in particular, set in a marble vase in the midst of the pool, that bore a profusion of purple blossoms, each of which had the lustre and richness of a gem; and the whole together made a show so resplendent that it seemed enough to illuminate the garden, even had there been no sunshine. Every portion of the soil was peopled with plants and herbs, which, if less beautiful,

Resté seul, Giovanni, pour tuer le temps, se mit à la fenêtre qui donnait sur le parterre du docteur. Au premier abord, il lui sembla pareil à ces jardins botaniques comme il en avait déjà vu dans le reste de l'Italie, mais il crut s'apercevoir que ç'avait dû être autrefois le jardin de quelque famille opulente. En effet, on voyait au centre une fontaine de marbre sculptée avec une rare perfection, autant qu'on en pouvait juger du moins, car le temps en avait considérablement altéré le dessin primitif. Cependant l'eau jaillissait toujours de l'étroit orifice d'un tuyau de marbre pour retomber dans la vasque inférieure. Son léger murmure montait à l'oreille de Giovanni, comme la voix plaintive d'un esprit aérien enchainé par le sort à ce marbre en ruines. Le tour de la fontaine, humide grâce à l'eau que laissaient échapper les fissures du bassin, était occupé par des plantes vigoureuses, aux larges feuilles, aux fleurs gigantesques, entre lesquelles on distinguait un arbuste couvert d'une profusion de fleurs pourprées, dont l'éclat rappelait celui des rubis de Golconde, et dont la fulgurante intensité illuminait comme un autre soleil le jardin tout entier. Le sol était en outre parsemé de plantes moins éblouissantes, il est vrai,

still bore tokens of assiduous care, as if all had their individual virtues, known to the scientific mind that fostered them. Some were placed in urns, rich with old carving, and others in common garden pots; some crept serpent-like along the ground or climbed on high, using whatever means of ascent was offered them. One plant had wreathed itself round a statue of Vertumnus, which was thus quite veiled and shrouded in a drapery of hanging foliage, so happily arranged that it might have served a sculptor for a study.

While Giovanni stood at the window he heard a rustling behind a screen of leaves, and became aware that a person was at work in the garden. His figure soon emerged into view, and showed itself to be that of no common laborer, but a tall, emaciated, sallow, and sickly-looking man, dressed in a scholar's garb of black. He was beyond the middle term of life, with gray hair, a thin, gray beard, and a face singularly marked with intellect and cultivation, but which could never, even in his more youthful days, have expressed much warmth of heart.

Nothing could exceed the intentness with which this scientific gardener examined every shrub which grew in his path: it seemed as if he was looking into their inmost nature, making observations in regard to their creative essence, and discovering why one leaf grew in this shape and another in that, and wherefore such and such flowers differed among themselves in hue and perfume.

mais cultivées avec un soin qui témoignait chez leur propriétaire d'une constante préoccupation de leurs vertus secrètes. Les unes étaient placées dans des vases élégants, d'autres dans de grossiers pots de terre, quelques-unes rampaient à terre comme des couleuvres ; d'autres, s'élançant en gerbes, semblaient s'offrir d'elles-mêmes à l'admiration du spectateur. L'une d'elles avait poussé au pied d'une statue de Vertumne et l'entourait d'une guirlande de feuillage que la main d'un sculpteur n'eût assurément pas disposée avec un goût plus pur.

Pendant que Giovanni considérait ces objets nouveaux pour lui, un bruit léger, un frémissement dans le feuillage l'avertirent que quelqu'un travaillait dans le jardin. Bientôt un personnage apparut : c'était un homme de haute taille, au teint blême et maladif, revêtu de la robe noire des professeurs. Ses cheveux et sa barbe, déjà presque blancs, annonçaient qu'il avait dépassé le terme de la vie, et sa figure austère, plissée par l'habitude de la réflexion, semblait n'avoir jamais reflété les émotions d'un jeune cœur ardent.

Le savant jardinier considérait chaque plante avec une attention soutenue, comme s'il eût cherché à en pénétrer la nature intime et à découvrir les procédés employés par la nature dans la création de leurs différentes espèces. Il cherchait avec un soin méthodique les lois qui régissent la structure des feuilles, la coloration et le parfum des fleurs.

Nevertheless, in spite of this deep intelligence on his part, there was no approach to intimacy between himself and these vegetable existences. On the contrary, he avoided their actual touch or the direct inhaling of their odors with a caution that impressed Giovanni most disagreeably; for the man's demeanor was that of one walking among malignant influences, such as savage beasts, or deadly snakes, or evil spirits, which, should he allow them one moment of license, would wreak upon him some terrible fatality.

It was strangely frightful to the young man's imagination to see this air of insecurity in a person cultivating a garden, that most simple and innocent of human toils, and which had been alike the joy and labor of the unfallen parents of the race. Was this garden, then, the Eden of the present world? And this man, with such a perception of harm in what his own hands caused to grow, — was he the Adam?

The distrustful gardener, while plucking away the dead leaves or pruning the too luxuriant growth of the shrubs, defended his hands with a pair of thick gloves. Nor were these his only armor. When, in his walk through the garden, he came to the magnificent plant that hung its purple gems beside the marble fountain, he placed a kind of mask over his mouth and nostrils, as if all this beauty did but conceal a deadlier malice; but, finding his task still too dangerous, he drew back, removed the mask, and called loudly, but in the infirm voice of a person affected with inward disease, «Beatrice! Beatrice!»

Cependant, bien qu'il parût les connaître a fond, son commerce avec les plantes n'allait pas jusqu'à l'intimité. Bien plus, il semblait éviter le moindre contact avec elles, et son attitude était celle d'un homme se promenant au milieu d'objets dangereux ou soumis à quelque influence malfaisante. Cette défiance causa au jeune homme une désagréable impression.

Il lui semblait étrange qu'une occupation aussi innocente que l'inspection d'un parterre de fleurs, occupation qui passe à la campagne pour un des plaisirs les plus vifs qu'elle puisse procurer, pût être un sujet de plainte. Quel était cet homme qui tremblait devant les fleurs que sa main avait plantées ?

Pour arracher quelques feuilles flétries ou émonder des branches parasites d'une touffe de fleurs, le prudent vieillard avait eu le soin de revêtir ses mains de gants épais, et dès qu'il se fut approché de la belle plante dont les rameaux de pourpre ombrageaient la fontaine, il couvrit, par surcroît de précautions, la partie inférieure de son visage d'une espèce de masque, comme si ce miracle de la nature était doué de propriétés encore plus malfaisantes en raison de sa splendeur. Néanmoins cette derniere précaution ne lui parut pas même suffisante, et, se reculant de quelques pas, il ôta son masque et appela d'une voix cassée :

— Béatrix ! Béatrix !

«Here am I, my father. What would you?» cried a rich and youthful voice from the window of the opposite house—a voice as rich as a tropical sunset, and which made Giovanni, though he knew not why, think of deep hues of purple or crimson and of perfumes heavily delectable. «Are you in the garden?»

«Yes, Beatrice,» answered the gardener, «and I need your help.»

Soon there emerged from under a sculptured portal the figure of a young girl, arrayed with as much richness of taste as the most splendid of the flowers, beautiful as the day, and with a bloom so deep and vivid that one shade more would have been too much. She looked redundant with life, health, and energy; all of which attributes were bound down and compressed, as it were and girdled tensely, in their luxuriance, by her virgin zone.

Yet Giovanni's fancy must have grown morbid while he looked down into the garden; for the impression which the fair stranger made upon him was as if here were another flower, the human sister of those vegetable ones, as beautiful as they, more beautiful than the richest of them, but still to be touched only with a glove, nor to be approached without a mask. As Beatrice came down the garden path, it was observable that she handled and inhaled the odor of several of the plants which her father had most sedulously avoided.

— Me voici, mon père, que voulez-vous, répondit une voix jeune et vibrante qui semblait sortir de l'édifice opposé, êtes-vous dans le jardin ?

— Oui, Béatrix, j'ai besoin de votre aide.

En même temps une ravissante jeune fille apparut sous le noir portail de la vieille maison, aussi richement parée que la plus brillante de ses fleurs, un miracle de beauté dans tout l'épanouissement de la jeunesse, pétillante de sève et dont le corsage virginal accusait des trésors capables de lutter avec la statuaire antique.

L'imagination de Giovanni, violemment surexcitée par cette apparition, lui suggéra les idées les plus bizarres. Il lui sembla que la belle inconnue était une fleur, sœur humaine des autres fleurs, aussi belle, que dis-je, plus belle cent fois que la plus splendide d'entre elles. Il observa, non sans étonnement, que, bien loin de mettre des gants et de s'affubler d'un masque pour approcher des plantes, elle s'avançait lentement dans l'allée principale, aspirant leur parfum sans éprouver la plus légère crainte.

«Here, Beatrice,» said the latter, «see how many needful offices require to be done to our chief treasure. Yet, shattered as I am, my life might pay the penalty of approaching it so closely as circumstances demand. Henceforth, I fear, this plant must be consigned to your sole charge.»

«And gladly will I undertake it,» cried again the rich tones of the young lady, as she bent towards the magnificent plant and opened her arms as if to embrace it. «Yes, my sister, my splendour, it shall be Beatrice's task to nurse and serve thee; and thou shalt reward her with thy kisses and perfumed breath, which to her is as the breath of life.»

Then, with all the tenderness in her manner that was so strikingly expressed in her words, she busied herself with such attentions as the plant seemed to require; and Giovanni, at his lofty window, rubbed his eyes and almost doubted whether it were a girl tending her favorite flower, or one sister performing the duties of affection to another. The scene soon terminated. Whether Dr. Rappaccini had finished his labors in the garden, or that his watchful eye had caught the stranger's face, he now took his daughter's arm and retired. Night was already closing in; oppressive exhalations seemed to proceed from the plants and steal upward past the open window; and Giovanni, closing the lattice, went to his couch and dreamed of a rich flower and beautiful girl. Flower and maiden were different, and yet the same, and fraught with some strange peril in either shape.

— De ce côté, Béatrix, lui dit le savant, et voyez combien vos soins sont nécessaires au plus précieux de nos trésors. Je donnerai volontiers ma vie pour m'approcher, mais je crains bien, même en m'entourant de précautions, d'être obligé de vous en confier exclusivement le soin.

— Bien volontiers, répondit la jeune personne en entourant l'arbuste de ses deux bras comme pour l'embrasser. Oui, ma sœur, ma beauté, ce sera Béatrix qui sera ta gardienne assidue, pour le seul bonheur d'aspirer ton vivifiant parfum.

Puis, joignant l'acte aux paroles, elle s'occupa de la plante avec toute l'attention qu'elle paraissait réclamer ; Giovanni, vu la distance où il était de cette scène, se frotta machinalement les yeux, car il ne pouvait plus distinguer si c'était une jeune fille occupée de sa fleur favorite, ou bien une sœur rendant à sa sœur les soins les plus tendres. Mais cette illusion dura peu : soit qu'il eut fini ses travaux de jardinage, soit qu'en levant les yeux il eût vu le jeune étranger, le docteur Rappaccini prit le bras de sa fille et se retira lentement. Bientôt la nuit survint et sous l'influence des suaves émanations qui pénétraient dans sa chambre par la fenêtre encore ouverte, Giovanni s'endormit et rêva d'une fleur et d'une jeune fille, dont la suavité malfaisante finissait par former une créature hybride tenant à la fois de la vierge et de la plante.

But there is an influence in the light of morning that tends to rectify whatever errors of fancy, or even of judgment, we may have incurred during the sun's decline, or among the shadows of the night, or in the less wholesome glow of moonshine. Giovanni's first movement, on starting from sleep, was to throw open the window and gaze down into the garden which his dreams had made so fertile of mysteries. He was surprised and a little ashamed to find how real and matter-of-fact an affair it proved to be, in the first rays of the sun which gilded the dew-drops that hung upon leaf and blossom, and, while giving a brighter beauty to each rare flower, brought everything within the limits of ordinary experience.

The young man rejoiced that, in the heart of the barren city, he had the privilege of overlooking this spot of lovely and luxuriant vegetation. It would serve, he said to himself, as a symbolic language to keep him in communion with Nature.

Neither the sickly and thoughtworn Dr. Giacomo Rappaccini, it is true, nor his brilliant daughter, were now visible; so that Giovanni could not determine how much of the singularity which he attributed to both was due to their own qualities and how much to his wonder-working fancy; but he was inclined to take a most rational view of the whole matter.

In the course of the day he paid his respects to *Signor* Pietro Baglioni, professor of medicine in the university,

La lumière du matin, franche et joyeuse, rectifie d'ordinaire les erreurs que forme notre imagination durant l'incertitude du crépuscule ou dans l'obscurité de la nuit, fut-elle atténuée par la pâle clarté de la lune. La première idée du jeune homme à son réveil fut d'aller jeter un coup d'œil sur ce jardin, théâtre des mystérieux événements de son rêve. Il fut surpris et même un peu confus de n'y rien trouver que de réel et d'ordinaire, grâce à l'engageante clarté du soleil levant, qui donnait à chaque fleur une nouvelle beauté, à toutes leur véritable aspect.

« Par ma foi, se dit-il, je suis heureux de pouvoir, au cœur même de cette vieille cité, regarder à loisir cette luxuriante végétation. Ces fleurs auront pour moi l'inappréciable avantage de me tenir dans une intime et constante contemplation de la nature. »

Ni le docteur, ni sa fille, ne se montrèrent ce jour-là. Giovanni en vint à se demander quelle singularité il avait pu trouver dans ces deux personnes pour qu'elles eussent ainsi troublé son esprit, et avec le plus grand calme, il promena sur le jardin des regards investigateurs.

Dans la journée, il alla rendre ses devoirs au *signor* Baglioni, professeur de médecine à l'Université de Padoue,

a physician of eminent repute to whom Giovanni had brought a letter of introduction. The professor was an elderly personage, apparently of genial nature, and habits that might almost be called jovial. He kept the young man to dinner, and made himself very agreeable by the freedom and liveliness of his conversation, especially when warmed by a flask or two of Tuscan wine.

Giovanni, conceiving that men of science, inhabitants of the same city, must needs be on familiar terms with one another, took an opportunity to mention the name of Dr. Rappaccini. But the professor did not respond with so much cordiality as he had anticipated.

«Ill would it become a teacher of the divine art of medicine,» said Professor Pietro Baglioni, in answer to a question of Giovanni, «to withhold due and well-considered praise of a physician so eminently skilled as Rappaccini; but, on the other hand, I should answer it but scantily to my conscience were I to permit a worthy youth like yourself, *Signor* Giovanni, the son of an ancient friend, to imbibe erroneous ideas respecting a man who might hereafter chance to hold your life and death in his hands. The truth is, our worshipful Dr. Rappaccini has as much science as any member of the faculty — with perhaps one single exception — in Padua, or all Italy; but there are certain grave objections to his professional character.»

«And what are they?» asked the young man.

physiologiste éminent, et pour lequel on l'avait muni d'une lettre de recommandation. Le professeur était encore dans la force de l'âge, d'un naturel gai et d'un caractère presque jovial ; il pria le jeune homme à dîner et se montra, tout savant qu'il fut, convive aimable et spirituel, surtout lorsque sa verve eût reçu l'agréable excitant d'une ou deux fioles de vin de Toscane.

Dans le cours du repas, Giovanni, supposant que deux savants de la même ville ne pouvaient être étrangers l'un à l'autre, se hasarda de prononcer le nom de Rappaccini.

— Il faudrait être un maître dans notre divine science, répondit modestement notre professeur, pour apprécier convenablement un savant aussi illustre que Rappaccini ; et je me ferais scrupule, *signor* Giovanni, de donner au fils de mon vieil ami des idées erronées sur un homme qui peut un jour ou l'autre tenir dans ses mains votre existence. La vérité est que l'honorable docteur Rappaccini est, à une exception près, aussi savant qu'aucun membre de la Faculté à Padoue et dans toute l'Italie, mais son caractère est l'objet des accusations les plus graves.

— Que lui reproche-t-on ? demanda le jeune homme.

«Has my friend Giovanni any disease of body or heart, that he is so inquisitive about physicians?» said the professor, with a smile. «But as for Rappaccini, it is said of him—and I, who know the man well, can answer for its truth—that he cares infinitely more for science than for mankind. His patients are interesting to him only as subjects for some new experiment. He would sacrifice human life, his own among the rest, or whatever else was dearest to him, for the sake of adding so much as a grain of mustard seed to the great heap of his accumulated knowledge.»

«Methinks he is an awful man indeed,» remarked Guasconti, mentally recalling the cold and purely intellectual aspect of Rappaccini. «And yet, worshipful professor, is it not a noble spirit? Are there many men capable of so spiritual a love of science?»

«God forbid,» answered the professor, somewhat testily; «at least, unless they take sounder views of the healing art than those adopted by Rappaccini. It is his theory that all medicinal virtues are comprised within those substances which we term vegetable poisons. These he cultivates with his own hands, and is said even to have produced new varieties of poison, more horribly deleterious than Nature, without the assistance of this learned person, would ever have plagued the world withal. That the *signor* doctor does less mischief than might be expected with such dangerous substances is undeniable.

— Est-ce que mon ami Giovanni a des craintes pour sa santé, qu'il s'inquiète ainsi de nos médecins ? demanda le professeur avec un sourire. Eh bien, on prétend que Rappaccini est plus savant qu'humain et que les malades ne sont pour lui que d'intéressants sujets d'étude. Il sacrifierait l'humanité tout entière, sa propre vie, ce qu'il a au monde de plus cher, pour ajouter un grain de sable à l'immense amas de ses connaissances.

— Alors, dit Guasconti, se rappelant la figure froide et méditative de Rappaccini, ce doit être un homme effrayant. Cependant, de votre aveu, c'est un esprit élevé. Pensez-vous qu'il y ait beaucoup d'hommes capables de pousser aussi loin l'amour de la science !

— À Dieu ne plaise, répondit brusquement le professeur, s'ils n'ont pas sur l'art de guérir des idées plus saines que lui. Il borne ses moyens curatifs aux seuls poisons végétaux et cultive lui-même les plantes dont il les distille. On prétend qu'il a ainsi obtenu des poisons nouveaux et terribles. Qu'il ait fait moins de ravages qu'on eut pu s'y attendre du possesseur de tels secrets, c'est ce qu'on ne peut nier.

Now and then, it must be owned, he has effected, or seemed to effect, a marvellous cure; but, to tell you my private mind, *Signor* Giovanni, he should receive little credit for such instances of success, — they being probably the work of chance, — but should be held strictly accountable for his failures, which may justly be considered his own work.»

The youth might have taken Baglioni's opinions with many grains of allowance had he known that there was a professional warfare of long continuance between him and Dr. Rappaccini, in which the latter was generally thought to have gained the advantage. If the reader be inclined to judge for himself, we refer him to certain black-letter tracts on both sides, preserved in the medical department of the University of Padua.

«I know not, most learned professor,» returned Giovanni, after musing on what had been said of Rappaccini's exclusive zeal for science, — »I know not how dearly this physician may love his art; but surely there is one object more dear to him. He has a daughter.»

«Aha!» cried the professor, with a laugh. «So now our friend Giovanni's secret is out. You have heard of this daughter, whom all the young men in Padua are wild about, though not half a dozen have ever had the good hap to see her face. I know little of the *Signora* Beatrice save that Rappaccini is said to have instructed her deeply in his science, and that, young and beautiful as fame reports her, she is already qualified to fill a professor's chair.

De temps en temps même il a opéré, ou semble opérer, de merveilleuses guérisons, mais, à mon sentiment, *signor* Giovanni, il ne faut pas lui attribuer entièrement l'honneur de ses succès, dus en partie au hasard, tandis que ses insuccès doivent être rigoureusement mis à sa charge, si l'on veut porter sur lui un jugement exact.

Le jeune homme n'aurait peut-être pas ajouté foi entière aux insinuations de Baglioni, s'il eût été instruit de la sourde et ancienne rivalité des deux savants professeurs et des avantages remportés par Rappaccini dans cette lutte savante. Nous renverrons le lecteur qui désirerait en juger par lui-même, à certains mémoires en lettres gothiques que publieront les parties adverses, et que l'on conserve encore dans la bibliothèque de l'Université de Padoue.

— Je ne sais trop, savant professeur, reprit Giovanni après un silence, je ne sais trop quel degré de tendresse le vieux médecin porte à son art, mais il possède à ma connaissance un objet bien plus digne d'amour : c'est sa charmante fille.

— Ah ! ah ! fit en riant le professeur, notre ami Giovanni s'est vendu lui-même. Vous avez donc entendu parler de cette jeune fille dont raffolent tous mes élèves, bien que trois ou quatre d'entre eux l'aient à peine aperçue ? Je vous avoue que je sais peu de choses sur le compte de la *signora* Béatrix, sinon que son père l'a si bien instruite dans les sciences naturelles qu'elle serait, dit-on, capable d'occuper une chaire de professeur. Peut-être lui destine-t-il la mienne ! Mais c'est assez nous

Perchance her father destines her for mine! Other absurd rumors there be, not worth talking about or listening to. So now, *Signor* Giovanni, drink off your glass of lachryma.»

Guasconti returned to his lodgings somewhat heated with the wine he had quaffed, and which caused his brain to swim with strange fantasies in reference to Dr. Rappaccini and the beautiful Beatrice. On his way, happening to pass by a florist's, he bought a fresh bouquet of flowers.

Ascending to his chamber, he seated himself near the window, but within the shadow thrown by the depth of the wall, so that he could look down into the garden with little risk of being discovered. All beneath his eye was a solitude. The strange plants were basking in the sunshine, and now and then nodding gently to one another, as if in acknowledgment of sympathy and kindred. In the midst, by the shattered fountain, grew the magnificent shrub, with its purple gems clustering all over it; they glowed in the air, and gleamed back again out of the depths of the pool, which thus seemed to overflow with colored radiance from the rich reflection that was steeped in it. At first, as we have said, the garden was a solitude. Soon, however, — as Giovanni had half hoped, half feared, would be the case, — a figure appeared beneath the antique sculptured portal, and came down between the rows of plants, inhaling their various perfumes as if she were one of those beings of old classic fable that lived upon sweet odors.

occuper d'absurdes rumeurs qui n'ont sans doute aucun fondement ; ainsi, videz, mon cher Giovanni, ce verre de lacryma-christi, c'est du meilleur.

Guasconti, légèrement échauffé par les fréquentes rasades que lui avait versées le professeur, regagna sa demeure, sentant tournoyer dans son cerveau troublé les images de Rappaccini et de sa charmante fille. Il rencontra sur son chemin une fleuriste à laquelle il acheta un frais bouquet.

Une fois dans sa chambre il alla s'asseoir auprès de sa fenêtre, en ayant soin de rester dans la zone d'ombre que projetait le mur, de manière à pouvoir regarder sans être aperçu. Tout y semblait désert. Les plantes étranges dont il était rempli paraissaient boire avec délices la chaleur du soleil, s'inclinant mollement les unes vers les autres en signe de sympathie ou de parenté. Au milieu, près de la fontaine s'élançait la plante magnifique, dont les grappes purpurines, arrivées par la splendeur du jour, se reflétaient dans les eaux de la vasque. Le jardin, comme nous l'avons dit, semblait abandonné. Bientôt, cependant, une gracieuse figure, que Giovanni attendait avec un mélange d'espoir et de crainte, apparut sous les trèfles du vieux portail et s'avança lentement au milieu des fleurs qui lançaient vers le ciel, comme un mystérieux encens, leurs parfums enivrants. On eût dit un sylphe à la légèreté de sa démarche.

On again beholding Beatrice, the young man was even startled to perceive how much her beauty exceeded his recollection of it; so brilliant, so vivid, was its character, that she glowed amid the sunlight, and, as Giovanni whispered to himself, positively illuminated the more shadowy intervals of the garden path.

Her face being now more revealed than on the former occasion, he was struck by its expression of simplicity and sweetness,—qualities that had not entered into his idea of her character, and which made him ask anew what manner of mortal she might be. Nor did he fail again to observe, or imagine, an analogy between the beautiful girl and the gorgeous shrub that hung its gemlike flowers over the fountain,—a resemblance which Beatrice seemed to have indulged a fantastic humor in heightening, both by the arrangement of her dress and the selection of its hues.

Approaching the shrub, she threw open her arms, as with a passionate ardor, and drew its branches into an intimate embrace—so intimate that her features were hidden in its leafy bosom and her glistening ringlets all intermingled with the flowers.

«Give me thy breath, my sister,» exclaimed Beatrice; «for I am faint with common air. And give me this flower of thine, which I separate with gentlest fingers from the stem and place it close beside my heart.»

C'était Béatrix. En contemplant ses traits si purs, le jeune homme put se convaincre que sa beauté dépassait encore les pâles souvenirs de son imagination. Brillante de vie et de jeunesse, elle resplendissait au milieu des fleurs du jardin, et il sembla même à Giovanni qu'elle laissait après elle une trace lumineuse.

La figure de la jeune fille, qu'il apercevait plus distinctement que la veille, était surtout adorable par un air de douceur et de naïveté, qu'il n'avait jusqu'alors remarqué dans aucune femme. Il crut même reconnaître un certain air de famille entre cette charmante enfant et la belle plante qui ombrageait la vasque ; mais il attribua cette étrange idée au caprice de son imagination surexcitée, ainsi qu'à l'ajustement de Béatrix, dont la couleur et la coupe semblaient en quelque sorte empruntées à sa fleur favorite.

Lorsqu'elle s'approcha du buisson empourpré, il la vit ouvrir les bras avec une ardeur passionnée pour attirer à elle plusieurs rameaux, dont elle parut aspirer le parfum avec une joie naïve qui se refléta sur son visage.

— Enivre-moi de ton haleine, ma sœur, murmurait Béatrix, et laisse-moi cueillir quelques-unes de tes fleurs pour les placer sur mon cœur.

With these words the beautiful daughter of Rappaccini plucked one of the richest blossoms of the shrub, and was about to fasten it in her bosom. But now, unless Giovanni's draughts of wine had bewildered his senses, a singular incident occurred. A small orange-colored reptile, of the lizard or chameleon species, chanced to be creeping along the path, just at the feet of Beatrice. It appeared to Giovanni,—but, at the distance from which he gazed, he could scarcely have seen anything so minute,—it appeared to him, however, that a drop or two of moisture from the broken stem of the flower descended upon the lizard's head. For an instant the reptile contorted itself violently, and then lay motionless in the sunshine.

Beatrice observed this remarkable phenomenon and crossed herself, sadly, but without surprise; nor did she therefore hesitate to arrange the fatal flower in her bosom. There it blushed, and almost glimmered with the dazzling effect of a precious stone, adding to her dress and aspect the one appropriate charm which nothing else in the world could have supplied.

But Giovanni, out of the shadow of his window, bent forward and shrank back, and murmured and trembled.

«Am I awake? Have I my senses?» said he to himself. «What is this being? Beautiful shall I call her, or inexpressibly terrible?»

Et elle prit une branche qui sortait du massif. Au même instant se produisit un phénomène étrange qui fit croire un moment à Giovanni que les fumées du vin obscurcissaient encore son cerveau. Un petit reptile, couleur orange, lézard ou caméléon, traversait le sentier juste aux pieds de Béatrix ; et il sembla à Giovanni, malgré la distance à laquelle il était de cette scène, qu'une goutte de rosée tombait de la fleur sur la tête du petit animal, celui-ci s'arrêta, tomba dans de violentes convulsions et se tordit sur le sable, où il resta bientôt sans mouvement.

Béatrix avait observé ce phénomène avec une sorte de tristesse, mais sans faire paraître aucune surprise, et sans renoncer pour cela au projet de mettre la fatale branche à son corsage. À peine attachée, la fleur, un moment alanguie, parut reprendre une vie nouvelle et se redressa plus fraîche et plus éclatante, jetant des feux semblables à ceux du rubis.

Giovanni s'était retiré de la fenêtre le front baigné de sueur, se disant à lui-même :

— Ma tête se perdrait-elle ? Suis-je le jouet d'une illusion ? Quelle est cette splendide créature si belle et si terrible ?

Beatrice now strayed carelessly through the garden, approaching closer beneath Giovanni's window, so that he was compelled to thrust his head quite out of its concealment in order to gratify the intense and painful curiosity which she excited. At this moment there came a beautiful insect over the garden wall; it had, perhaps, wandered through the city, and found no flowers or verdure among those antique haunts of men until the heavy perfumes of Dr. Rappaccini's shrubs had lured it from afar. Without alighting on the flowers, this winged brightness seemed to be attracted by Beatrice, and lingered in the air and fluttered about her head. Now, here it could not be but that Giovanni Guasconti's eyes deceived him. Be that as it might, he fancied that, while Beatrice was gazing at the insect with childish delight, it grew faint and fell at her feet; its bright wings shivered; it was dead — from no cause that he could discern, unless it were the atmosphere of her breath. Again Beatrice crossed herself and sighed heavily as she bent over the dead insect.

An impulsive movement of Giovanni drew her eyes to the window. There she beheld the beautiful head of the young man — rather a Grecian than an Italian head, with fair, regular features, and a glistening of gold among his ringlets — gazing down upon her like a being that hovered in mid air.

Scarcely knowing what he did, Giovanni threw down the bouquet which he had hitherto held in his hand.

Tout en marchant au hasard dans le jardin, Béatrix s'était approchée de la fenêtre du jeune homme, qui fut obligé de pencher la tête pour ne pas la perdre de vue. À ce moment, un bel insecte, attiré sans doute par les pénétrantes émanations du jardin de Rappaccini, franchit le mur et s'en vint d'un air craintif voltiger sur les plus belles fleurs, comme s'il n'osait se poser sur ces plantes dont l'odeur aussi bien que la forme lui étaient inconnues ; puis, s'approchant de Béatrix, il se mit à décrire autour d'elle des cercles de plus en plus étroits, secrètement attiré par cette fleur humaine sur la tête de laquelle il semblait prêt à se fixer. Giovanni le vit-il réellement ou son imagination se plut-elle à l'égarer de nouveau ? Je l'ignore. Mais il crut voir, tandis que Béatrix regardait le petit être ailé avec une joie enfantine, le pauvre insecte tomber à ses pieds. Ses petites ailes s'agitèrent convulsivement, ses pattes se raidirent ; il était mort, mort sans autre cause apparente que l'haleine embaumée de la jeune fille. Pour la seconde fois, son visage s'assombrit et elle s'éloigna tristement du cadavre de l'insecte.

Un mouvement involontaire de Giovanni attira les regards de Béatrix, et elle aperçut à sa fenêtre la belle figure du jeune homme, plutôt grecque qu'italienne, et qui semblait un marbre de Phidias animé par un nouveau Prométhée.

En se voyant découvert, Giovanni, sans avoir conscience de son action, lui jeta le bouquet qu'il tenait à la main.

«*Signora,*» said he, «there are pure and healthful flowers. Wear them for the sake of Giovanni Guasconti.»

«Thanks, *signor,*» replied Beatrice, with her rich voice, that came forth as it were like a gush of music, and with a mirthful expression half childish and half woman-like. «I accept your gift, and would fain recompense it with this precious purple flower; but if I toss it into the air it will not reach you. So *Signor* Guasconti must even content himself with my thanks.»

She lifted the bouquet from the ground, and then, as if inwardly ashamed at having stepped aside from her maidenly reserve to respond to a stranger's greeting, passed swiftly homeward through the garden. But few as the moments were, it seemed to Giovanni, when she was on the point of vanishing beneath the sculptured portal, that his beautiful bouquet was already beginning to wither in her grasp. It was an idle thought; there could be no possibility of distinguishing a faded flower from a fresh one at so great a distance.

*

* *

For many days after this incident the young man avoided the window that looked into Dr. Rappaccini's garden, as if something ugly and monstrous would have blasted his eyesight had he been betrayed into a glance.

— *Signora*, dit-il, ces fleurs sont pures et inoffensives ; gardez-les pour l'amour de Giovanni Guasconti.

—Merci, *signor*, répondit Béatrix, d'une voix harmonieuse et enfantine plus douce qu'une flûte d'Arcadie ; j'accepte de bon cœur votre présent, et voudrais en échange vous offrir cette fleur, mais elle est trop légère pour que je la puisse lancer jusqu'à vous. Il faudra donc, seigneur Guasconti, que vous vous contentiez de mon remerciement.

Elle ramassa le bouquet qui était tombé sur le gazon, fit à l'étranger un gracieux salut, et continua sa promenade. Quelques instants après, comme elle s'approchait du portail, il sembla à Giovanni que les fleurs qu'il venait de lui donner si fraîches, se flétrissaient déjà sur leurs tiges. Mais c'était là sans doute une pensée chimérique qui pouvait à cette distance distinguer une fleur fraîche d'une fleur fanée ?

\*

\* \*

Pendant quelques jours qui suivirent cet incident, le jeune homme évita d'ouvrir la fenêtre qui donnait sur le jardin du docteur Rappaccini, comme s'il eût craint d'y rencontrer quelque étrange ou monstrueuse apparition.

He felt conscious of having put himself, to a certain extent, within the influence of an unintelligible power by the communication which he had opened with Beatrice. The wisest course would have been, if his heart were in any real danger, to quit his lodgings and Padua itself at once; the next wiser, to have accustomed himself, as far as possible, to the familiar and daylight view of Beatrice — thus bringing her rigidly and systematically within the limits of ordinary experience. Least of all, while avoiding her sight, ought Giovanni to have remained so near this extraordinary being that the proximity and possibility even of intercourse should give a kind of substance and reality to the wild vagaries which his imagination ran riot continually in producing. Guasconti had not a deep heart — or, at all events, its depths were not sounded now; but he had a quick fancy, and an ardent southern temperament, which rose every instant to a higher fever pitch. Whether or no Beatrice possessed those terrible attributes, that fatal breath, the affinity with those so beautiful and deadly flowers which were indicated by what Giovanni had witnessed, she had at least instilled a fierce and subtle poison into his system. It was not love, although her rich beauty was a madness to him; nor horror, even while he fancied her spirit to be imbued with the same baneful essence that seemed to pervade her physical frame; but a wild offspring of both love and horror that had each parent in it, and burned like one and shivered like the other.

Il se sentait jusqu'à un certain point sous l'influence d'un pouvoir occulte qui semblait avoir préparé son entrevue avec Béatrix. Le parti le plus sage eût été, non seulement de quitter son logement, mais encore la ville de Padoue à moins qu'il ne se sentit la force d'affronter chaque jour la vue de cette jeune fille et d'en faire l'objet d'une expérience purement scientifique. Mais, puisqu'il éprouvait une telle crainte en la regardant, Giovanni n'eut pas dû rester si près de cette créature étrange, exposé à de fréquentes rencontres auxquelles son imagination surexcitée prêtait un danger de plus. Guasconti n'était point frappé d'un amour incurable, ou du moins il n'avait point sondé la profondeur du sentiment qu'il éprouvait ; mais il avait une imagination ardente et toute la vivacité d'un tempérament méridional qui dégénérait parfois en une véritable fièvre. Que Béatrix possédât ou non une affinité quelconque avec ces fleurs si belles et si terribles, elle ne lui en avait pas moins inoculé de tous les poisons le plus subtil et le plus perfide. Ce n'était pas précisément de l'amour qu'il éprouvait pour elle, bien que sa merveilleuse beauté la rendit bien capable d'en inspirer ; ce n'était pas non plus de l'horreur, bien qu'il soupçonnât qu'un fluide vénéneux parcourait ce beau corps ; non, c'était un produit de ces deux sentiments qui se mêlaient dans son esprit d'une façon si intime qu'il lui eût été impossible de dire lequel des deux l'emportait sur l'autre.

Giovanni knew not what to dread; still less did he know what to hope; yet hope and dread kept a continual warfare in his breast, alternately vanquishing one another and starting up afresh to renew the contest. Blessed are all simple emotions, be they dark or bright! It is the lurid intermixture of the two that produces the illuminating blaze of the infernal regions.

Sometimes he endeavored to assuage the fever of his spirit by a rapid walk through the streets of Padua or beyond its gates: his footsteps kept time with the throbbings of his brain, so that the walk was apt to accelerate itself to a race.

One day he found himself arrested; his arm was seized by a portly personage, who had turned back on recognizing the young man and expended much breath in overtaking him.

«*Signor* Giovanni! Stay, my young friend!» cried he. «Have you forgotten me? That might well be the case if I were as much altered as yourself.»

It was Baglioni, whom Giovanni had avoided ever since their first meeting, from a doubt that the professor's sagacity would look too deeply into his secrets. Endeavoring to recover himself, he stared forth wildly from his inner world into the outer one and spoke like a man in a dream.

Il ne savait ce qu'il devait craindre ni ce qu'il devait espérer, et la crainte et l'espérance se livraient dans son cœur de cruels assauts, sans que l'une emportât sur l'autre aucun avantage. Un sentiment de joie ou de douleur peut quelquefois être salutaire, mais le terrible mélange de deux émotions si différentes doit se rapprocher de l'affreuse joie des damnés.

Giovanni essayait souvent d'éteindre la fièvre qui le minait sourdement, par des promenades dans les rues de Padoue ou des excursions dans la campagne, mais son pas se précipitant à mesure que ses tempes battaient avec plus de violence, dégénérait bientôt en une course désordonnée, comme s'il eût essayé d'échapper par la rapidité de sa marche aux pensées qui l'obsédaient.

Un jour qu'il fuyait ainsi par la ville, il se sentit arrêté par un personnage de haute stature qui s'était placé devant lui.

— Eh ! *signor* Giovanni, suspendez votre course, mon jeune ami, ne me reconnaissez-vous point ? Je le comprendrais si ma figure était aussi changée que la vôtre.

C'était Baglioni, que Giovanni avait évité depuis leur dernière entrevue, dans la crainte que le professeur n'arrivât à pénétrer ses secrètes pensées. Le jeune homme essaya de rassembler ses idées, et répondit du ton d'un homme qui sort d'un songe.

«Yes; I am Giovanni Guasconti. You are Professor Pietro Baglioni. Now let me pass!»

«Not yet, not yet, *Signor* Giovanni Guasconti,» said the professor, smiling, but at the same time scrutinizing the youth with an earnest glance. «What! did I grow up side by side with your father? and shall his son pass me like a stranger in these old streets of Padua? Stand still, *Signor* Giovanni; for we must have a word or two before we part.»

«Speedily, then, most worshipful professor, speedily,» said Giovanni, with feverish impatience. «Does not your worship see that I am in haste?»

Now, while he was speaking there came a man in black along the street, stooping and moving feebly like a person in inferior health. His face was all overspread with a most sickly and sallow hue, but yet so pervaded with an expression of piercing and active intellect that an observer might easily have overlooked the merely physical attributes and have seen only this wonderful energy. As he passed, this person exchanged a cold and distant salutation with Baglioni, but fixed his eyes upon Giovanni with an intentness that seemed to bring out whatever was within him worthy of notice. Nevertheless, there was a peculiar quietness in the look, as if taking merely a speculative, not a human interest, in the young man.

— Oui, je suis Giovanni Guasconti, et vous êtes le professeur Baglioni. Maintenant permettez-moi de m'éloigner.

— Un moment, *signor* Giovanni Guasconti, fit le professeur en souriant et jetant sur le jeune homme un regard inquisiteur ; je fus trop longtemps l'ami de votre père pour que son fils passe auprès de moi comme un étranger dans les vieilles rues de Padoue. Arrêtez-vous, de grâce, nous avons quelques mots à échanger avant de nous séparer.

— Faites vite alors, honorable professeur, répondit Giovanni avec une fébrile impatience, car Votre Honneur doit s'apercevoir que je suis pressé.

Comme il disait ces mots, un homme âgé, vêtu de noir, passa près d'eux, se traînant avec peine comme un malade. Sa figure pâle et maigre portait l'empreinte du travail et de la méditation. Mais, sous cette débile apparence, on voyait que le frêle vieillard cachait une âme fortement trempée. Ce personnage échangea en passant un salut froid et compassé avec le professeur, mais son œil s'attacha sur Giovanni avec une persistance presque désagréable. Cependant ce regard n'avait rien d'hostile, c'était plutôt le coup d'œil scrutateur du savant que celui d'un curieux ordinaire.

«It is Dr. Rappaccini!» whispered the professor when the stranger had passed. «Has he ever seen your face before?»

«Not that I know,» answered Giovanni, starting at the name.

«He HAS seen you! he must have seen you!» said Baglioni, hastily. «For some purpose or other, this man of science is making a study of you. I know that look of his! It is the same that coldly illuminates his face as he bends over a bird, a mouse, or a butterfly, which, in pursuance of some experiment, he has killed by the perfume of a flower; a look as deep as Nature itself, but without Nature's warmth of love. *Signor* Giovanni, I will stake my life upon it, you are the subject of one of Rappaccini's experiments!»

«Will you make a fool of me?» cried Giovanni, passionately. «THAT, *signor* professor, were an untoward experiment.»

«Patience! patience!» replied the imperturbable professor. «I tell thee, my poor Giovanni, that Rappaccini has a scientific interest in thee. Thou hast fallen into fearful hands! And the *Signora* Beatrice, — what part does she act in this mystery?»

— C'est le docteur Rappaccini, dit tout bas le professeur, lorsque celui-ci se fut éloigné. Vous a-t-il déjà vu ?

— Non, pas que je sache, répondit Giovanni tressaient à ce nom.

— Il vous a vu ; il faut qu'il vous ait vu, reprit précipitamment Baglioni ; pour un dessein que j'ignore, il a fait de vous l'objet d'une étude quelconque. Je connais ce regard ! c'est bien ce coup d'œil froid et implacable qu'il jette sur un oiseau, une souris ou bien un papillon lorsque, pour accomplir quelque diabolique expérience, il empoisonne au parfum de ses fleurs un de ces petits êtres. C'est un regard profond comme la nature, mais privé de l'ardent amour que cette dernière porte à ses créatures. *Signor* Giovanni, je répondrais sur ma propre existence que vous êtes, à votre insu, le sujet d'une des expériences de Rappaccini !

— C'est vous qui voulez me rendre fou ! s'écria Giovanni hors de lui, et c'est là, *signor* professeur, une expérience de fort mauvais goût.

— Je vous répète, mon pauvre ami, que Rappaccini a jeté les yeux sur vous dans un but scientifique quelconque. Vous êtes tombé dans des mains impitoyables, et je me tromperais fort si la *signora* Béatrix ne jouait pas un rôle dans ce mystère.

But Guasconti, finding Baglioni's pertinacity intolerable, here broke away, and was gone before the professor could again seize his arm. He looked after the young man intently and shook his head.

«This must not be,» said Baglioni to himself. «The youth is the son of my old friend, and shall not come to any harm from which the arcana of medical science can preserve him. Besides, it is too insufferable an impertinence in Rappaccini, thus to snatch the lad out of my own hands, as I may say, and make use of him for his infernal experiments. This daughter of his! It shall be looked to. Perchance, most learned Rappaccini, I may foil you where you little dream of it!»

Meanwhile Giovanni had pursued a circuitous route, and at length found himself at the door of his lodgings. As he crossed the threshold he was met by old Lisabetta, who smirked and smiled, and was evidently desirous to attract his attention; vainly, however, as the ebullition of his feelings had momentarily subsided into a cold and dull vacuity. He turned his eyes full upon the withered face that was puckering itself into a smile, but seemed to behold it not. The old dame, therefore, laid her grasp upon his cloak.

«*Signor*! *signor*!» whispered she, still with a smile over the whole breadth of her visage, so that it looked not unlike a grotesque carving in wood, darkened by centuries. «Listen, *signor*! There is a private entrance into the garden!»

Mais Giovanni, trouvant intolérable l'insistance de Baglioni, s'arracha de son étreinte avant que le professeur eut songé à le retenir, et s'enfuit rapidement. Le vieux savant le regarda s'éloigner en secouant la tête avec tristesse.

— Cela ne sera pas, murmura-t-il, ce jeune homme est le fils de mon vieil ami, et je ne veux pas qu'il lui arrive un malheur dont les secrets de mon art le peuvent préserver. Il ne sera pas dit que ce misérable Rappaccini viendra pour ainsi dire arracher ce garçon d'entre mes mains pour le faire servir à ses monstrueuses expériences. Quant à sa fille, j'aurai l'œil sur elle. Peut-être, savant Rappaccini, vous ferai-je échouer au moment où vous y penserez le moins !

Cependant Giovanni, après avoir pris des rues détournées pour dépister Baglioni, était arrivé à la porte de sa demeure. Il frappa et la vieille Lisabetta vint lui ouvrir en souriant d'un air mystérieux, comme pour attirer son attention ; mais ce fut en vain, car l'exaltation du jeune homme avait fait place à une sorte de prostration morale, et il ne semblait pas voir les regards d'intelligence que lui jetait la vieille.

— *Signor*, dit-elle enfin à voix basse en le tirant par son manteau, *signor*, répéta-t-elle avec un sourire qu'elle voulut rendre aimable et qui la fit ressembler à une grotesque figure du moyen âge, écoutez donc, *signor* : cette vieille porte vermoulue est une entrée secrète qui donne accès dans le jardin.

«What do you say?» exclaimed Giovanni, turning quickly about, as if an inanimate thing should start into feverish life. «A private entrance into Dr. Rappaccini's garden?»

«Hush! hush! not so loud!» whispered Lisabetta, putting her hand over his mouth. «Yes; into the worshipful doctor's garden, where you may see all his fine shrubbery. Many a young man in Padua would give gold to be admitted among those flowers.»

Giovanni put a piece of gold into her hand.

«Show me the way,» said he.

A surmise, probably excited by his conversation with Baglioni, crossed his mind, that this interposition of old Lisabetta might perchance be connected with the intrigue, whatever were its nature, in which the professor seemed to suppose that Dr. Rappaccini was involving him. But such a suspicion, though it disturbed Giovanni, was inadequate to restrain him. The instant that he was aware of the possibility of approaching Beatrice, it seemed an absolute necessity of his existence to do so. It mattered not whether she were angel or demon; he was irrevocably within her sphere, and must obey the law that whirled him onward, in ever-lessening circles, towards a result which he did not attempt to foreshadow; and yet, strange to say, there came across him a sudden doubt whether this intense interest on his part were not delusory;

— Que dites-vous ? s'écria Giovanni sortant de sa rêverie ; il a une porte secrète qui donne dans le jardin du docteur Rappaccini.

— Chut ! chut ! pas si haut, murmura Lisabetta en mettant un doigt sur sa bouche. Oui, dans le jardin du docteur, où vous pourrez voir tant de belles fleurs. Bien des jeunes gens de Padoue m'ont offert de l'or pour pouvoir y pénétrer.

Giovanni mit un ducat dans les mains de la vieille.

— Montrez-moi le chemin, dit-il d'un ton bref.

En même temps un soupçon traversa son esprit, soupçon dû sans doute à l'entretien qu'il venait d'avoir avec Baglioni. L'entremise de la vieille Lisabetta avait peut-être quelque rapport avec l'intrigue dans laquelle le professeur supposait que Rappaccini voulait l'entraîner. Mais ce soupçon, tout en troublant Giovanni, n'eut pas assez de force pour le retenir. L'occasion était précieuse, unique même pour s'approcher de Béatrix, et il lui semblait que cette entrevue était devenue pour lui d'une nécessité absolue. Était-ce un ange ou un démon ? Ce doute l'étreignait et le torturait au point que la plus affreuse certitude était encore cent fois préférable. Et cependant un nouveau doute vint encore l'assaillir. Peut-être était-il la dupe de sa propre imagination,

whether it were really of so deep and positive a nature as to justify him in now thrusting himself into an incalculable position; whether it were not merely the fantasy of a young man's brain, only slightly or not at all connected with his heart.

He paused, hesitated, turned half about, but again went on. His withered guide led him along several obscure passages, and finally undid a door, through which, as it was opened, there came the sight and sound of rustling leaves, with the broken sunshine glimmering among them. Giovanni stepped forth, and, forcing himself through the entanglement of a shrub that wreathed its tendrils over the hidden entrance, stood beneath his own window in the open area of Dr. Rappaccini's garden.

How often is it the case that, when impossibilities have come to pass and dreams have condensed their misty substance into tangible realities, we find ourselves calm, and even coldly self-possessed, amid circumstances which it would have been a delirium of joy or agony to anticipate! Fate delights to thwart us thus. Passion will choose his own time to rush upon the scene, and lingers sluggishly behind when an appropriate adjustment of events would seem to summon his appearance. So was it now with Giovanni. Day after day his pulses had throbbed with feverish blood at the improbable idea of an interview with Beatrice,

peut-être le sentiment qu'il croyait éprouver n'était-il ni assez réel ni assez profond pour justifier la témérité avec laquelle il allait se jeter dans une entreprise dont l'issue lui était encore inconnue. Il ignorait véritablement s'il n'était point poussé par une simple fantaisie de jeune homme n'ayant rien de commun avec son cœur.

Il s'arrêta, balança s'il retournerait sur ses pas, puis, honteux de son hésitation, suivit résolument son guide au visage ridé dans un passage obscur et tortueux, au bout duquel était une porte qui s'ouvrait derrière un épais rideau de feuillage. Giovanni se fraya un passage à travers les branches qui s'entrecroisaient devant lui, et se trouva juste en face de sa fenêtre, dans le jardin du docteur Rappaccini.

Il arrive fréquemment que lorsque nos rêves les plus extravagants se convertissent en une réalité tangible, nous nous retrouvons calmes et maîtres de nous-mêmes au milieu de circonstances dont la seule prévision nous faisait frémir de joie ou de crainte. La destinée prend ainsi plaisir à se jouer de nous. Tel était Giovanni ; chaque jour il méditait fiévreusement la possibilité d'une entrevue avec Béatrix,

and of standing with her, face to face, in this very garden,
basking in the Oriental sunshine of her beauty, and
snatching from her full gaze the mystery which he deemed
the riddle of his own existence. But now there was a
singular and untimely equanimity within his breast. He
threw a glance around the garden to discover if Beatrice
or her father were present, and, perceiving that he was
alone, began a critical observation of the plants.

The aspect of one and all of them dissatisfied him;
their gorgeousness seemed fierce, passionate, and
even unnatural. There was hardly an individual shrub
which a wanderer, straying by himself through a forest,
would not have been startled to find growing wild, as if
an unearthly face had glared at him out of the thicket.
Several also would have shocked a delicate instinct by
an appearance of artificialness indicating that there
had been such commixture, and, as it were, adultery, of
various vegetable species, that the production was no
longer of God's making, but the monstrous offspring of
man's depraved fancy, glowing with only an evil mockery
of beauty. They were probably the result of experiment,
which in one or two cases had succeeded in mingling
plants individually lovely into a compound possessing the
questionable and ominous character that distinguished
the whole growth of the garden. In fine, Giovanni
recognized but two or three plants in the collection,

d'une rencontre dans son jardin, et cette seule pensée le jetait dans un trouble inexprimable. Cette mystérieuse beauté, d'un éclat tout oriental, cette rose de Saron, ce lys des vallées, lui semblait tenir sa vie entre ses mains. Mais en ce moment il éprouvait un calme tout à fait insolite et inattendu, il embrassa le jardin d'un regard circulaire, cherchant à découvrir Beatrix ou son père, et, n'ayant aperçu ni l'un ni l'autre, se mit tranquillement à étudier les plantes qui l'entouraient et dont la plupart lui étaient inconnues.

Soit qu'il les considérât une à une ou dans leur ensemble, leur aspect le contraria ; leur splendeur lui semblait fiévreuse, passionnée et contre nature. Il n'y en avait peut-être pas une seule dont le voyageur n'eut été effrayé en la rencontrant dans une forêt, car il eut pu croire qu'une figure étrange lui jetait du milieu du buisson un regard diabolique. La plupart semblaient le produit artificiel des espèces les plus différentes, et attestaient suffisamment, par leurs formes bizarres, qu'elles n'étaient point sorties des mains de la nature, mais qu'elles étaient plutôt dues aux caprices monstrueux de l'imagination humaine. Elles étaient sans doute le résultat d'expériences qui avaient réussi à former, par l'union adultère de deux plantes, un monstre végétal possédant le caractère sinistre et mystérieux de tout ce qui croissait dans ce jardin. C'est à peine si, au milieu de cette vaste collection, Giovanni put découvrir deux ou trois espèces qu'il connût déjà,

and those of a kind that he well knew to be poisonous. While busy with these contemplations he heard the rustling of a silken garment, and, turning, beheld Beatrice emerging from beneath the sculptured portal.

Giovanni had not considered with himself what should be his deportment; whether he should apologize for his intrusion into the garden, or assume that he was there with the privity at least, if not by the desire, of Dr. Rappaccini or his daughter; but Beatrice's manner placed him at his ease, though leaving him still in doubt by what agency he had gained admittance. She came lightly along the path and met him near the broken fountain. There was surprise in her face, but brightened by a simple and kind expression of pleasure.

« You are a connoisseur in flowers, *signor*, » said Beatrice, with a smile, alluding to the bouquet which he had flung her from the window. « It is no marvel, therefore, if the sight of my father's rare collection has tempted you to take a nearer view. If he were here, he could tell you many strange and interesting facts as to the nature and habits of these shrubs; for he has spent a lifetime in such studies, and this garden is his world. »

« And yourself, lady, » observed Giovanni, « if fame says true, — you likewise are deeply skilled in the virtues indicated by these rich blossoms and these spicy perfumes. Would you deign to be my instructress, I should prove an apter scholar than if taught by *Signor* Rappaccini himself. »

encore appartenaient-elles aux familles les plus malfaisantes. Tandis qu'il s'oubliait dans cette contemplation, le frôlement d'une étoffe de soie lui fit tourner la tête, et il aperçut Beatrix qui sortait du portail sculpté.

Giovanni n'avait pas encore réfléchi à ce qu'il convenait de faire en cette occurrence. S'excuserait-il simplement de son intrusion dans le jardin, ou sa présence était justifiée par le désir, ou tout au moins la permission tacite du docteur Rappaccini ou de Béatrix. Mais l'accueil qu'il reçut de Béatrix l'eut bientôt mis à son aise, tout en laissant subsister ses doutes sur le motif qui lui avait valu son entrée. Elle s'avança vers lui jusqu'à la fontaine, son visage exprimant une joyeuse surprise.

— Vous êtes un amateur de fleurs, *signor*, dit-elle avec un sourire, en faisant sans doute allusion au bouquet qu'il lui avait jeté de sa fenêtre. Aussi je ne m'étonne point qu'à force de regarder la rare collection de mon père, vous ayez cédé à la tentation de la contempler de plus près. S'il était avec nous, il pourrait vous raconter nombre de faits intéressants sur la nature et les mœurs de ses plantes, car il a consacré sa vie à leur étude et ce jardin est son univers.

— Et vous-même, mademoiselle, répondit Giovanni, il paraît, s'il faut en croire la renommée, que vous connaissez aussi profondément les secrètes propriétés de toutes ces fleurs au pénétrant parfum ; si vous daigniez être mon institutrice, je ferais, sous votre direction, des progrès au moins aussi rapides qu'avec le docteur Rappaccini lui-même.

«Are there such idle rumors?» asked Beatrice, with the music of a pleasant laugh. «Do people say that I am skilled in my father's science of plants? What a jest is there! No; though I have grown up among these flowers, I know no more of them than their hues and perfume; and sometimes methinks I would fain rid myself of even that small knowledge. There are many flowers here, and those not the least brilliant, that shock and offend me when they meet my eye. But pray, *signor*, do not believe these stories about my science. Believe nothing of me save what you see with your own eyes.»

«And must I believe all that I have seen with my own eyes?» asked Giovanni, pointedly, while the recollection of former scenes made him shrink. «No, *signora*; you demand too little of me. Bid me believe nothing save what comes from your own lips.»

It would appear that Beatrice understood him. There came a deep flush to her cheek; but she looked full into Giovanni's eyes, and responded to his gaze of uneasy suspicion with a queenlike haughtiness.

«I do so bid you, *signor*,» she replied. «Forget whatever you may have fancied in regard to me. If true to the outward senses, still it may be false in its essence; but the words of Beatrice Rappaccini's lips are true from the depths of the heart outward. Those you may believe.»

— Comment, on répand de tels bruits ? fit Béatrix avec un rire harmonieux. On me prétend donc aussi savante que mon père ? Voilà, en vérité, une excellente plaisanterie ! Non, *signor*, quoique j'aie grandi au milieu de ces fleurs, je ne connais guère que leurs couleurs et leurs parfums. Aussi, je vous prie bien de ne pas ajouter foi à ces sottes inventions sur ma prétendue science et de ne croire de moi que ce que vous avez vu de vos propres yeux.

— Dois-je même croire tout ce que j'ai vu de mes yeux, dit le jeune homme, en faisant allusion aux scènes dont il avait été témoin. Non, *signora*, vous m'en demandez trop peu, ordonnez-moi plutôt de ne croire que ce qui sortira de vos lèvres.

Sans doute Béatrix avait compris, car une rougeur subite vint empourprer ses joues ; mais elle regarda Giovanni bien en face et répondit avec une souveraine hauteur :

— Eh bien, oui, je vous l'ordonne, *signor*. Oubliez ce que vous avez pu voir. Ce qui vous semble vrai peut n'être qu'un mensonge ; mais les paroles de Beatrix Rappaccini sont l'expression d'un cœur qui ne sait pas feindre. Voilà ce que vous devez croire.

A fervor glowed in her whole aspect and beamed upon Giovanni's consciousness like the light of truth itself; but while she spoke there was a fragrance in the atmosphere around her, rich and delightful, though evanescent, yet which the young man, from an indefinable reluctance, scarcely dared to draw into his lungs. It might be the odor of the flowers. Could it be Beatrice's breath which thus embalmed her words with a strange richness, as if by steeping them in her heart? A faintness passed like a shadow over Giovanni and flitted away; he seemed to gaze through the beautiful girl's eyes into her transparent soul, and felt no more doubt or fear.

The tinge of passion that had colored Beatrice's manner vanished; she became gay, and appeared to derive a pure delight from her communion with the youth not unlike what the maiden of a lonely island might have felt conversing with a voyager from the civilized world. Evidently her experience of life had been confined within the limits of that garden. She talked now about matters as simple as the daylight or summer clouds, and now asked questions in reference to the city, or Giovanni's distant home, his friends, his mother, and his sisters—questions indicating such seclusion, and such lack of familiarity with modes and forms, that Giovanni responded as if to an infant. Her spirit gushed out before him like a fresh rill that was just catching its first glimpse of the sunlight and wondering at the reflections of earth and sky which were flung into its bosom.

Le feu avec lequel elle prononça ces paroles parut à Giovanni la lumière même de la vérité ; cependant, tandis qu'elle parlait, un parfum délicieux chargeait l'atmosphère de suaves émanations que, par une répugnance inexplicable, le jeune homme n'osait respirer, car il craignait qu'elles ne provinssent des fleurs mystérieuses qui l'entouraient. Était-ce l'haleine de Beatrix qui répandait cet enivrant parfum, ou les fleurs qu'elle portait à son corsage ? C'est ce qu'il ne pouvait déterminer. Un instant, il se sentit défaillir, mais cette faiblesse se dissipa comme une ombre, et Giovanni, après avoir plongé ses regards dans les yeux de cette charmante fille, miroir de son âme candide, n'hésita plus à croire en elle.

Cependant la vive rougeur qui avait envahi les joues de Béatrix disparut peu à peu. Elle redevint gaie et parut prendre le plus vif plaisir en s'entretenant avec Giovanni. On eût dit l'unique habitante d'une île déserte causant avec un voyageur du monde civilisé. Évidemment tout ce qu'elle savait de la vie était circonscrit par les limites de son jardin. Elle adressait au jeune homme mille questions naïves sur la ville de Padoue, sur son pays, ses amis, sa mère, ses sœurs, questions dénotant une telle ignorance des choses de ce monde, et faites avec une si naïve familiarité, que Giovanni lui répondait comme à une enfant. Son âme s'épanchait tout entière devant lui, semblable au frais ruisseau qui, jaillissant pour la première fois des profondeurs de la terre, à l'éblouissante lumière du soleil, s'étonne de réfléchir à la fois dans ses ondes la terre et les deux.

There came thoughts, too, from a deep source, and fantasies of a gemlike brilliancy, as if diamonds and rubies sparkled upward among the bubbles of the fountain. Ever and anon there gleamed across the young man's mind a sense of wonder that he should be walking side by side with the being who had so wrought upon his imagination, whom he had idealized in such hues of terror, in whom he had positively witnessed such manifestations of dreadful attributes, — that he should be conversing with Beatrice like a brother, and should find her so human and so maidenlike. But such reflections were only momentary; the effect of her character was too real not to make itself familiar at once.

In this free intercourse they had strayed through the garden, and now, after many turns among its avenues, were come to the shattered fountain, beside which grew the magnificent shrub, with its treasury of glowing blossoms. A fragrance was diffused from it which Giovanni recognized as identical with that which he had attributed to Beatrice's breath, but incomparably more powerful. As her eyes fell upon it, Giovanni beheld her press her hand to her bosom as if her heart were throbbing suddenly and painfully.

Follement bondissant, il se couvre à sa surface de bulles irisées qui, par leur éclat, rappellent les diamants et les rubis qu'il roulait dans son cours souterrain ; ainsi des pensées souvent profondes et des images étincelantes succédaient sans transition aux questions les plus enfantines de Béatrix. De temps en temps Giovanni s'étonnait de se retrouver marchant côte à côte avec cette belle créature à laquelle son imagination avait pu, dans les accès d'une vaine terreur, attribuer de si terribles facultés. Il était tout surpris de causer avec elle comme un frère avec sa sœur, et de la trouver à la fois si candide et si simple ; mais ces retours sur lui-même ne duraient qu'un instant, et l'effet que produisait sur lui le caractère de la jeune fille était trop réel pour qu'il ne se familiarisât pas avec elle dès la première entrevue.

Tout en causant, ils avaient traversé le jardin dans toute sa largeur et fait maints détours dans ses allées sinueuses. Ils étaient arrivés à la fontaine en ruines auprès de laquelle resplendissait l'admirable plante qui l'ombrageait de ses rameaux de pourpre. Une odeur particulière s'échappait du buisson, parfum que Giovanni crut reconnaître pour celui qui s'échappait des lèvres de la jeune fille, bien qu'il fût incomparablement plus pénétrant. Lorsque les regards de Béatrix tombèrent sur la plante, le jeune homme la vit porter la main sur son cœur comme pour en comprimer les battements précipités.

«For the first time in my life,» murmured she, addressing the shrub, «I had forgotten thee.»

«I remember, *signora*,» said Giovanni, «that you once promised to reward me with one of these living gems for the bouquet which I had the happy boldness to fling to your feet. Permit me now to pluck it as a memorial of this interview.»

He made a step towards the shrub with extended hand; but Beatrice darted forward, uttering a shriek that went through his heart like a dagger. She caught his hand and drew it back with the whole force of her slender figure. Giovanni felt her touch thrilling through his fibres.

«Touch it not!» exclaimed she, in a voice of agony. «Not for thy life! It is fatal!»

Then, hiding her face, she fled from him and vanished beneath the sculptured portal. As Giovanni followed her with his eyes, he beheld the emaciated figure and pale intelligence of Dr. Rappaccini, who had been watching the scene, he knew not how long, within the shadow of the entrance.

No sooner was Guasconti alone in his chamber than the image of Beatrice came back to his passionate musings, invested with all the witchery that had been gathering around it ever since his first glimpse of her, and now likewise imbued with a tender warmth of girlish womanhood.

— Pour la première fois de ma vie, dit-elle à la fleur, je t'avais oubliée.

— Je me rappelle, *signora*, lui dit Giovanni, que vous m'avez promis un de ces rameaux de pourpre en échange du bouquet que je m'étais permis de laisser tomber à vos pieds, permettez-moi de le cueillir et de le conserver en souvenir de cette entrevue.

En achevant ces mots, il fit un pas en avant pour saisir une des tiges de l'arbrisseau ; mais, prompte comme l'éclair, Béatrix, pâle de frayeur, poussa un cri et lui saisit le bras, qu'elle ramena en arrière de toute la force dont elle était susceptible.

— N'y touche pas, s'écria-t-elle d'une voix mourante, sur ta vie n'y touche pas, cette plante est fatale.

Puis, cachant son visage dans ses mains, elle s'enfuit et disparut sous le portail gothique près duquel Giovanni, qui la suivait des yeux, aperçut le visage émacié de Rappaccini, qui avait été le témoin muet d'une partie de cette scène.

Giovanni ne se trouva pas plus tôt seul dans sa chambre que l'image de sa bien-aimée Béatrix vint se présenter à lui, dans toute la splendeur de sa virginale beauté et dans toute la candeur de son esprit.

She was human; her nature was endowed with all gentle and feminine qualities; she was worthiest to be worshipped; she was capable, surely, on her part, of the height and heroism of love. Those tokens which he had hitherto considered as proofs of a frightful peculiarity in her physical and moral system were now either forgotten, or, by the subtle sophistry of passion transmitted into a golden crown of enchantment, rendering Beatrice the more admirable by so much as she was the more unique. Whatever had looked ugly was now beautiful; or, if incapable of such a change, it stole away and hid itself among those shapeless half ideas which throng the dim region beyond the daylight of our perfect consciousness. Thus did he spend the night, nor fell asleep until the dawn had begun to awake the slumbering flowers in Dr. Rappaccini's garden, whither Giovanni's dreams doubtless led him. Up rose the sun in his due season, and, flinging his beams upon the young man's eyelids, awoke him to a sense of pain. When thoroughly aroused, he became sensible of a burning and tingling agony in his hand—in his right hand—the very hand which Beatrice had grasped in her own when he was on the point of plucking one of the gemlike flowers. On the back of that hand there was now a purple print like that of four small fingers, and the likeness of a slender thumb upon his wrist.

Elle était douée des plus charmants attributs de la femme, digne de respect, et capable à son tour de tous les héroïsmes de l'amour. Les particularités effrayantes qu'il avait, dans le principe, considérées comme les preuves de la singularité de sa nature, se transformaient, par un subtil sophisme de l'amour, en autant de rares qualités, qui rendaient Béatrix encore plus adorable, et en faisaient une créature unique, tenant à la fois de l'ange et de la femme. Tout ce qui lui avait paru hideux en elle, lui semblait charmant ; et quant aux souvenirs désagréables que lui avaient laissés certaines circonstances, par une simple abstraction de son esprit, il les avait chassés pour s'abandonner tout entier à ceux qui lui rappelaient cette heure charmante passée dans le mystérieux jardin. Ainsi s'écoula la nuit pour Giovanni, qui ne s'endormit qu'à l'aube, vers l'heure où le soleil réveillait de leur engourdissement nocturne les fleurs de Rappaccini. L'astre du jour, en dardant ses rayons sur les paupières du jeune homme, mit fin à son assoupissement. Il sentit en se réveillant une cuisson assez vive à la main droite. C'était celle que Béatrix avait prise dans les siennes lorsqu'il avait voulu cueillir une branche au bel arbrisseau. Sur le dos de sa main, il aperçut distinctement une tache rouge qui répondait exactement à l'empreinte de quatre doigts effilés, et sur son poignet le stigmate parfaitement reconnaissable d'un pouce féminin.

Oh, how stubbornly does love, — or even that cunning semblance of love which flourishes in the imagination, but strikes no depth of root into the heart, — how stubbornly does it hold its faith until the moment comes when it is doomed to vanish into thin mist! Giovanni wrapped a handkerchief about his hand and wondered what evil thing had stung him, and soon forgot his pain in a reverie of Beatrice.

After the first interview, a second was in the inevitable course of what we call fate. A third; a fourth; and a meeting with Beatrice in the garden was no longer an incident in Giovanni's daily life, but the whole space in which he might be said to live; for the anticipation and memory of that ecstatic hour made up the remainder.

Nor was it otherwise with the daughter of Rappaccini. She watched for the youth's appearance, and flew to his side with confidence as unreserved as if they had been playmates from early infancy — as if they were such playmates still. If, by any unwonted chance, he failed to come at the appointed moment, she stood beneath the window and sent up the rich sweetness of her tones to float around him in his chamber and echo and reverberate throughout his heart: «Giovanni! Giovanni! Why tarriest thou? Come down!»

And down he hastened into that Eden of poisonous flowers.

Telle est la force de l'amour, même de ce semblant d'amour qui règne dans notre imagination sans jeter dans le cœur de profondes racines ! La foi dans l'objet aimé est absolue jusqu'au moment où lui-même s'évanouit comme une vapeur légère. Giovanni se demanda quel insecte l'avait piqué, enveloppa machinalement sa main dans un mouchoir et eut bientôt oublié sa douleur en pensant à Béatrix.

Un second entretien fut l'inévitable conséquence de cette première entrevue, puis un troisième, un quatrième ; bientôt enfin ce ne fut plus un incident pour Giovanni, mais un événement quotidien, et, pour ainsi dire, une condition désormais nécessaire de son existence.

De son côté, la fille du docteur attendait chaque jour avec non moins d'impatience l'arrivée du jeune homme, et, sitôt qu'elle l'apercevait, elle courait à lui avec autant de pétulance et de familiarité que s'ils eussent été deux compagnons d'enfance. Si, pour une raison fortuite, il manquait d'exactitude, elle allait se placer sous sa fenêtre, et, d'une voix mélodieuse, qui trouvait toujours un écho dans le cœur du jeune homme, elle lui criait : « Giovanni ! Giovanni ! Pourquoi tardes-tu ? Viens donc ! »

Et aussitôt, il se hâtait de descendre dans cet Éden empoisonné.

But, with all this intimate familiarity, there was still a reserve in Beatrice's demeanor, so rigidly and invariably sustained that the idea of infringing it scarcely occurred to his imagination. By all appreciable signs, they loved; they had looked love with eyes that conveyed the holy secret from the depths of one soul into the depths of the other, as if it were too sacred to be whispered by the way; they had even spoken love in those gushes of passion when their spirits darted forth in articulated breath like tongues of long-hidden flame; and yet there had been no seal of lips, no clasp of hands, nor any slightest caress such as love claims and hallows. He had never touched one of the gleaming ringlets of her hair; her garment—so marked was the physical barrier between them—had never been waved against him by a breeze.

On the few occasions when Giovanni had seemed tempted to overstep the limit, Beatrice grew so sad, so stern, and withal wore such a look of desolate separation, shuddering at itself, that not a spoken word was requisite to repel him. At such times he was startled at the horrible suspicions that rose, monster-like, out of the caverns of his heart and stared him in the face; his love grew thin and faint as the morning mist, his doubts alone had substance.

Malgré cette douce familiarité, il y avait dans l'attitude de Béatrix une telle réserve que l'idée de l'enfreindre ne se présentait seulement pas à l'imagination de l'étudiant. Ils s'aimaient, tout le prouvait, et leurs yeux, truchement de leurs âmes, avaient depuis longtemps trahi ce doux secret, trop saint pour s'échapper de leurs lèvres. Ils avaient, il est vrai, souvent parlé d'amour, mais jamais dans l'effervescence de la passion, lorsque leurs haleines embrasées se confondaient presque, jamais ils n'avaient échangé un seul baiser, un serrement de main, ni aucune de ces délicieuses privautés qui sont la menue monnaie de l'amour. Jamais Giovanni n'avait osé toucher seulement du bout du doigt une des boucles soyeuses de la chevelure de Béatrix. Tellement était grande, en un mot, la barrière physique qui s'élevait entre eux deux, que la jeune fille prenait même soin que sa robe agitée par la brise ne pût frôler son amant.

Béatrix s'apercevait-elle que le jeune homme semblait disposé à franchir cette barrière, sa figure prenait aussitôt une telle expression de tristesse et de frayeur, qu'il n'était pas besoin d'un mot de reproche pour le rappeler à lui. C'est alors que les plus affreux soupçons se réveillaient dans son cœur comme autant de monstres dressant devant lui leurs têtes hideuses. Son amour semblait s'évanouir à mesure que ses doutes prenaient plus de consistance.

But, when Beatrice's face brightened again after the momentary shadow, she was transformed at once from the mysterious, questionable being whom he had watched with so much awe and horror; she was now the beautiful and unsophisticated girl whom he felt that his spirit knew with a certainty beyond all other knowledge.

A considerable time had now passed since Giovanni's last meeting with Baglioni. One morning, however, he was disagreeably surprised by a visit from the professor, whom he had scarcely thought of for whole weeks, and would willingly have forgotten still longer. Given up as he had long been to a pervading excitement, he could tolerate no companions except upon condition of their perfect sympathy with his present state of feeling. Such sympathy was not to be expected from Professor Baglioni.

The visitor chatted carelessly for a few moments about the gossip of the city and the university, and then took up another topic.

«I have been reading an old classic author lately,» said he, «and met with a story that strangely interested me. Possibly you may remember it. It is of an Indian prince, who sent a beautiful woman as a present to Alexander the Great. She was as lovely as the dawn and gorgeous as the sunset; but what especially distinguished her was a certain rich perfume in her breath—richer than a garden of Persian roses. Alexander, as was natural to a youthful conqueror, fell in love at first sight

Chaque jour, il prenait la résolution de questionner Béatrix sur les motifs de sa mystérieuse conduite, mais sitôt qu'apparaissait le beau et pur visage de Béatrix, il lui semblait la plus victorieuse réponse aux chimères de son esprit.

Cependant un temps considérable s'était écoulé depuis la dernière rencontre de Giovanni avec Baglioni. Un matin, il fut désagréablement surpris par la visite du professeur, auquel il n'avait guère pensé depuis plusieurs semaines et qu'il eût volontiers oublié depuis longtemps. Dans l'état d'excitation où il se trouvait, il ne pouvait souffrir la société d'un homme auquel il n'aurait osé conter ses souffrances, et le docteur Baglioni était certes le dernier qu'il eut voulu honorer d'une pareille marque de sympathie.

Le visiteur l'entretint quelques instants des bruits de la ville et de l'Université, et puis changeant brusquement de sujet :

— J'ai lu dernièrement, dit-il, dans un vieil auteur classique, une histoire qui m'a fortement intéressé. Peut-être vous la rappelez-vous ? C'est celle d'un prince indien qui avait envoyé une femme parfaitement belle à Alexandre le Grand, séduisante comme l'aurore, éclatante comme le soleil. Mais ce qui la distinguait surtout, c'était l'odeur délicieuse de son haleine, plus exquise que celle des roses du jardin de Saadi. Alexandre, on devait s'y attendre de la part d'un jeune conquérant, tomba subitement amoureux

with this magnificent stranger; but a certain sage physician, happening to be present, discovered a terrible secret in regard to her.»

«And what was that?» asked Giovanni, turning his eyes downward to avoid those of the professor.

«That this lovely woman,» continued Baglioni, with emphasis, «had been nourished with poisons from her birth upward, until her whole nature was so imbued with them that she herself had become the deadliest poison in existence. Poison was her element of life. With that rich perfume of her breath she blasted the very air. Her love would have been poison—her embrace death. Is not this a marvellous tale?»

«A childish fable,» answered Giovanni, nervously starting from his chair. «I marvel how your worship finds time to read such nonsense among your graver studies.»

«By the by,» said the professor, looking uneasily about him, «what singular fragrance is this in your apartment? Is it the perfume of your gloves? It is faint, but delicious; and yet, after all, by no means agreeable. Were I to breathe it long, methinks it would make me ill. It is like the breath of a flower; but I see no flowers in the chamber.»

de la belle étrangère. Mais un savant médecin, en considérant cette merveille, découvrit en elle un affreux secret.

— Et quel était ce secret ? demanda Giovanni, en baissant les yeux pour éviter les regards du professeur.

— Cette adorable créature, continua Baglioni, avait été nourrie depuis le jour de sa naissance avec des poisons, et l'élément toxique s'était si intimement mélangé avec sa propre nature, qu'elle-même était devenue le plus violent des poisons. Le poison était l'élément essentiel de son existence. Cette haleine parfumée corrompait l'air. Son amour eût été un poison, et un seul de ses baisers la mort... N'est-ce pas là une merveilleuse histoire !

— Une fable tout au plus bonne pour des enfants, répondit Giovanni en repoussant sa chaise avec impatience. Je m'étonne que Votre Honneur sacrifie ses importants travaux à de semblables billevesées.

— Mais, à propos, dit le professeur en regardant autour de lui, il règne une singulière odeur dans votre appartement. Est-ce le parfum de vos gants ? C'est une odeur très fine, très exquise et pourtant désagréable à la longue. Je sens que je ne pourrais la respirer longtemps sans en être incommodé. On dirait le parfum pénétrant d'une fleur, et pourtant je n'en vois pas dans votre chambre.

«Nor are there any,» replied Giovanni, who had turned pale as the professor spoke; «nor, I think, is there any fragrance except in your worship's imagination. Odors, being a sort of element combined of the sensual and the spiritual, are apt to deceive us in this manner. The recollection of a perfume, the bare idea of it, may easily be mistaken for a present reality.»

«Ay; but my sober imagination does not often play such tricks,» said Baglioni; «and, were I to fancy any kind of odor, it would be that of some vile apothecary drug, wherewith my fingers are likely enough to be imbued. Our worshipful friend Rappaccini, as I have heard, tinctures his medicaments with odors richer than those of Araby. Doubtless, likewise, the fair and learned *Signora* Beatrice would minister to her patients with draughts as sweet as a maiden's breath; but woe to him that sips them!»

Giovanni's face evinced many contending emotions. The tone in which the professor alluded to the pure and lovely daughter of Rappaccini was a torture to his soul; and yet the intimation of a view of her character opposite to his own, gave instantaneous distinctness to a thousand dim suspicions, which now grinned at him like so many demons. But he strove hard to quell them and to respond to Baglioni with a true lover's perfect faith.

— C'est qu'en effet il n'y en a pas, répliqua Giovanni, qui pâlit aux dernières paroles du professeur, et je crois que cette odeur n'existe que dans l'imagination de Votre Honneur. L'odorat étant un sens auquel le moral prend autant de part que le physique, il n'y aurait rien d'étonnant à ce que vous soyez dupe d'une erreur de vos sens. Le souvenir, la seule pensée d'un parfum, tient quelquefois lieu de la réalité au point de faire illusion.

— Vous pouvez avoir raison, dit Baglioni ; cependant ma froide imagination me trompe rarement. Je pourrais tout au plus m'imaginer sentir quelques-unes des drogues que j'ai préparées moi-même aujourd'hui ; mais je reconnais plutôt un de ces parfums plus riches que ceux de l'Arabie, et dont mon honorable ami le docteur Rappaccini a coutume d'imprégner ses médicaments. Il est probable que sa belle et savante fille doit administrer à ses malades des breuvages aussi doux que son haleine virginale. Mais malheur à qui les boirait !

Pendant que le professeur parlait ainsi, la figure de Giovanni exprimait les sentiments les plus divers. Le ton avec lequel il parlait de sa bien-aimée Béatrix était pour son âme une véritable torture ; d'un autre côté, mille circonstances venaient corroborer les paroles de Baglioni et faisaient naître dans l'esprit du jeune homme des soupçons qui lui rongeaient le cœur. Cependant il répondit avec la confiance du véritable amour :

«*Signor* professor,» said he, «you were my father's friend; perchance, too, it is your purpose to act a friendly part towards his son. I would fain feel nothing towards you save respect and deference; but I pray you to observe, *signor*, that there is one subject on which we must not speak. You know not the *Signora* Beatrice. You cannot, therefore, estimate the wrong—the blasphemy, I may even say—that is offered to her character by a light or injurious word.»

«Giovanni! my poor Giovanni!» answered the professor, with a calm expression of pity, «I know this wretched girl far better than yourself. You shall hear the truth in respect to the poisoner Rappaccini and his poisonous daughter; yes, poisonous as she is beautiful. Listen; for, even should you do violence to my gray hairs, it shall not silence me. That old fable of the Indian woman has become a truth by the deep and deadly science of Rappaccini and in the person of the lovely Beatrice.»

Giovanni groaned and hid his face

«Her father,» continued Baglioni, «was not restrained by natural affection from offering up his child in this horrible manner as the victim of his insane zeal for science; for, let us do him justice, he is as true a man of science as ever distilled his own heart in an alembic. What, then, will be your fate?

— *Signor* professeur, vous avez été l'ami de mon père, et je veux croire que votre intention est de reporter sur son fils une partie de cette affection. Je ne voudrais manquer en rien au respect que je vous dois ; aussi je vous supplie de choisir un autre sujet d'entretien. Vous ne connaissez pas la *signora* Béatrix, vous ne pouvez par conséquent comprendre de quel blasphème vous vous rendez coupable en faisant planer sur elle l'ombre même d'un soupçon.

— Giovanni, mon pauvre enfant, dit alors le professeur dont la voix exprimait la plus douce pitié, je connais mieux que vous cette malheureuse fille. Vous allez savoir toute la vérité sur l'empoisonneur Rappaccini et sa vénéneuse fille, car elle est aussi vénéneuse qu'elle est belle. Dussiez-vous oublier le respect que vous devez à mes cheveux gris, vous ne pourriez m'imposer silence, Cette vieille fable de la femme indienne est devenue une vérité dans la personne de la charmante Béatrix, grâce à la profonde et mortelle science de son père.

Giovanni poussa un gémissement et cacha sa tête dans ses mains.

Rappaccini n'a pas été arrêté dans cette horrible expérience par l'affection naturelle d'un père pour son enfant. Son zèle insensé pour la science l'a emporté. Car, il faut lui rendre cette justice, c'est un savant dans toute la force du terme, et il y a déjà longtemps qu'il a laissé son cœur au fond de ses cornues. Savez-vous quel sort vous attend ?

Beyond a doubt you are selected as the material of
some new experiment. Perhaps the result is to be death;
perhaps a fate more awful still. Rappaccini, with what he
calls the interest of science before his eyes, will hesitate
at nothing.»

«It is a dream,» muttered Giovanni to himself; «surely
it is a dream.»

«But,» resumed the professor, «be of good cheer, son
of my friend. It is not yet too late for the rescue. Possibly
we may even succeed in bringing back this miserable
child within the limits of ordinary nature, from which
her father's madness has estranged her. Behold this little
silver vase! It was wrought by the hands of the renowned
Benvenuto Cellini, and is well worthy to be a love gift to
the fairest dame in Italy. But its contents are invaluable.
One little sip of this antidote would have rendered the
most virulent poisons of the Borgias innocuous. Doubt not
that it will be as efficacious against those of Rappaccini.
Bestow the vase, and the precious liquid within it, on
your Beatrice, and hopefully await the result.»

Baglioni laid a small, exquisitely wrought silver vial
on the table and withdrew, leaving what he had said to
produce its effect upon the young man's mind.

«We will thwart Rappaccini yet,» thought
he, chuckling to himself, as he descended the
stairs; «but, let us confess the truth of him, he
is a wonderful man—a wonderful man indeed;

Sans aucun doute il vous a choisi pour le sujet de quelque nouvelle expérience, dont le résultat sera votre mort, si ce n'est pis. Lorsqu'il a pour but l'intérêt de ce qu'il appelle la science, Rappaccini ne recule devant rien.

— Mais c'est un songe affreux, murmura Giovanni, sûrement c'est un songe.

— Allons, du courage, fils de mon vieil ami, rien n'est désespéré. Peut-être réussirons-nous même à délivrer cette malheureuse enfant de l'affreux destin que lui réserve la folie de son père. Voyez ce flacon d'argent, c'est l'œuvre du fameux Benvenuto Cellini, et il est digne d'être offert à la plus fière beauté de l'Italie. Mais ce qu'il contient est sans prix. Une seule goutte de ce puissant antidote suffirait à neutraliser les plus terribles poisons des Borgia. Ne doutez pas qu'il ne soit efficace contre ceux de Rappaccini. Vous donnerez ce flacon à votre Béatrix avec la liqueur qu'il renferme, et vous attendrez le résultat avec confiance.

Baglioni plaça sur une table un délicieux flacon, chef-d'œuvre du ciseleur Florentin, et s'éloigna aussitôt pour laisser à ses paroles le temps de produire leur effet sur l'esprit du jeune homme.

— Je vais encore déjouer ce Rappaccini, se dit-il à lui-même en descendant l'escalier ; il faut pourtant avouer que c'est un homme prodigieux, oui, vraiment prodigieux,

a vile empiric, however, in his practice, and therefore not to be tolerated by those who respect the good old rules of the medical profession.»

But now his spirit was incapable of sustaining itself at the height to which the early enthusiasm of passion had exalted it; he fell down, grovelling among earthly doubts, and defiled therewith the pure whiteness of Beatrice's image. Not that he gave her up; he did but distrust. He resolved to institute some decisive test that should satisfy him, once for all, whether there were those dreadful peculiarities in her physical nature which could not be supposed to exist without some corresponding monstrosity of soul. His eyes, gazing down afar, might have deceived him as to the lizard, the insect, and the flowers; but if he could witness, at the distance of a few paces, the sudden blight of one fresh and healthful flower in Beatrice's hand, there would be room for no further question. With this idea he hastened to the florist's and purchased a bouquet that was still gemmed with the morning dew-drops.

It was now the customary hour of his daily interview with Beatrice. Before descending into the garden, Giovanni failed not to look at his figure in the mirror, — a vanity to be expected in a beautiful young man, yet, as displaying itself at that troubled and feverish moment, the token of a certain shallowness of feeling and insincerity of character. He did gaze, however, and said to himself that his features had never before possessed so rich a grace, nor his eyes such vivacity, nor his cheeks so warm a hue of superabundant life.

mais ce n'est, après tout, qu'un vil empirique, un charlatan, auquel, par respect pour notre profession, nous ne devrions pas permettre d'exercer la médecine.

Cependant Giovanni était plongé dans la perplexité la plus cruelle. Lui fallait-il douter de sa Béatrix, ou suivre l'instinct secret de son cœur ? Devait-il accueillir les assertions de Baglioni et les soupçons qu'avait éveillés dans son esprit l'incident du lézard, celui du bouquet flétri, etc. ? Le jeune homme sentait, au milieu de ces inquiétudes, redoubler sa curiosité à l'égard de Béatrix au point qu'il se résolut de la satisfaire en la pressant de questions et en renouvelant de plus près des expériences décisives. Poursuivi par cette idée, il retourna chez la fleuriste et lui prit un second bouquet de ses fleurs les plus fraîches que la rosée parsemait encore d'une poussière étincelante.

C'était précisément l'heure à laquelle il avait coutume de descendre auprès de Béatrix. Avant de sortir, Giovanni jeta un coup d'œil sur son miroir, craignant de trouver sa figure alanguie ou fatiguée par quelque maladie étrange, dont les symptômes lui auraient échappé, mais il fut agréablement surpris en voyant que jamais son teint n'avait été plus frais, ses yeux plus vifs et plus brillants.

«At least,» thought he, «her poison has not yet insinuated itself into my system. I am no flower to perish in her grasp.»

With that thought he turned his eyes on the bouquet, which he had never once laid aside from his hand. A thrill of indefinable horror shot through his frame on perceiving that those dewy flowers were already beginning to droop; they wore the aspect of things that had been fresh and lovely yesterday. Giovanni grew white as marble, and stood motionless before the mirror, staring at his own reflection there as at the likeness of something frightful. He remembered Baglioni's remark about the fragrance that seemed to pervade the chamber. It must have been the poison in his breath! Then he shuddered—shuddered at himself. Recovering from his stupor, he began to watch with curious eye a spider that was busily at work hanging its web from the antique cornice of the apartment, crossing and recrossing the artful system of interwoven lines — as vigorous and active a spider as ever dangled from an old ceiling. Giovanni bent towards the insect, and emitted a deep, long breath. The spider suddenly ceased its toil; the web vibrated with a tremor originating in the body of the small artisan. Again Giovanni

— Au moins, pensa-t-il, son poison n'a point encore atteint mon système, je ne suis point une fleur, pour périr à un simple contact.

Et en même temps il regarda celles qu'il tenait à la main ; mais quelle ne fut pas sa terreur lorsqu'il vit ces fleurs, si fraîches naguère et couvertes de rosée peu d'instants auparavant, pencher déjà la tête et se flétrir en les touchant ! Giovanni pâlit affreusement en regarda sa figure bouleversée dans le miroir. Il se rappela la remarque de Baglioni sur l'odeur qui régnait dans la chambre ; son haleine à lui était donc empoisonnée ? Il frémit alors comme s'il avait horreur de lui-même. Cependant il sortit peu à peu de sa stupeur et regardant autour de lui, il aperçut une araignée qui semblait fort occupée à confectionner une toile, dont elle était en train de couvrir l'angle d'une corniche.

Le patient insecte venait en se jouant de résoudre le curieux problème qui consiste à fixer les deux extrémités d'un fil à des distances relativement énormes ; puis cette amarre convenablement fixée, il avait fait converger plusieurs fils au milieu du premier et s'occupait à les enlacer les uns aux autres par des mailles destinées à barrer le passage au gibier ailé. Giovanni s'approcha de l'araignée et lui lança une longue bouffée de son haleine. Immédiatement l'animal cessa d'ourdir sa toile, qui s'agita par suite du tremblement convulsif de son petit artisan. Une seconde fois Giovanni

sent forth a breath, deeper, longer, and imbued with a venomous feeling out of his heart: he knew not whether he were wicked, or only desperate. The spider made a convulsive gripe with his limbs and hung dead across the window.

«Accursed! accursed!» muttered Giovanni, addressing himself. «Hast thou grown so poisonous that this deadly insect perishes by thy breath?»

At that moment a rich, sweet voice came floating up from the garden.

«Giovanni! Giovanni! It is past the hour! Why tarriest thou? Come down!»

«Yes,» muttered Giovanni again. «She is the only being whom my breath may not slay! Would that it might!»

He rushed down, and in an instant was standing before the bright and loving eyes of Beatrice.

«Beatrice,» asked he, abruptly, «whence came this shrub?»

«My father created it,» answered she, with simplicity.

«Created it! created it!» repeated Giovanni. «What mean you, Beatrice?»

souffla plus largement et avec plus de force sur l'araignée, lançant sur elle tout le poison que renfermait déjà son cœur. L'araignée tenta par un effort désespéré de se raccrocher à la toile, mais tout ce qu'elle put faire fut de se laisser glisser le long d'un fil, échelle improvisée, jusque sur l'appui de la fenêtre sur lequel elle tomba mourante.

— Maudit ! maudit ! murmura Giovanni, en s'adressant à lui-même, es-tu si empoisonné que ton souffle soit mortel, même pour ce venimeux insecte ?

En ce moment, une voix harmonieuse et pleine de séduction monta du jardin à la fenêtre.

— Giovanni ! Giovanni ! l'heure est passée, pourquoi tardes-tu ?

— Oui, murmura le jeune homme, elle est la seule créature à qui mon haleine ne puisse nuire !

Il s'empressa de descendre et un instant après il se trouva devant Béatrix, qui l'attendait les yeux brillants d'amour, auprès du buisson aux fleurs de pourpre.

— Béatrix, demanda-t-il brusquement, d'où vient cette plante ?

— C'est mon père qui l'a créée, répondit-elle simplement.

— Comment, créée ? répéta Giovanni, qu'entendez-vous par là, Béatrix ?

«He is a man fearfully acquainted with the secrets of Nature,» replied Beatrice; «and, at the hour when I first drew breath, this plant sprang from the soil, the offspring of his science, of his intellect, while I was but his earthly child. Approach it not!» continued she, observing with terror that Giovanni was drawing nearer to the shrub. «It has qualities that you little dream of. But I, dearest Giovanni,—I grew up and blossomed with the plant and was nourished with its breath. It was my sister, and I loved it with a human affection; for, alas!—hast thou not suspected it?—there was an awful doom.»

Here Giovanni frowned so darkly upon her that Beatrice paused and trembled. But her faith in his tenderness reassured her, and made her blush that she had doubted for an instant.

«There was an awful doom,» she continued, «the effect of my father's fatal love of science, which estranged me from all society of my kind. Until Heaven sent thee, dearest Giovanni, oh, how lonely was thy poor Beatrice!»

«Was it a hard doom?» asked Giovanni, fixing his eyes upon her.

«Only of late have I known how hard it was,» answered she, tenderly. «Oh, yes; but my heart was torpid, and therefore quiet.»

— La nature n'a guère de secrets pour mon père, répliqua-t-elle, cette plante est sortie de terre le jour où je vins au monde, nous sommes ses deux filles, l'une fruit de la science, l'autre de sa tendresse... N'en approchez pas, Giovanni, s'écria-t-elle avec terreur, voyant que le jeune homme l'examinait de plus près, n'en approchez pas, car elle a des propriétés dont vous ne vous doutez guère... Mon bien aimé Giovanni, j'ai grandi à l'ombre de cette plante en me nourrissant pour ainsi dire de ses émanations. Elle est ma sœur et je l'aime d'une affection toute humaine, car, hélas ? tu t'en es aperçu, il y a un secret...

Ici Giovanni jeta sur la jeune fille un regard si sombre qu'elle s'arrêta toute tremblante, mais rougissant de ses craintes elle poursuivit

— Oui, sur moi régnait un sort terrible, la fatale science de mon père m'avait séparée du reste du monde jusqu'au moment où le ciel l'a envoyé, mon Giovanni, ta Béatrix était bien isolée.

— Trouvez-vous ce sort bien affreux ? demanda le jeune homme, en attachant ses regards sur elle.

— Ce n'est que depuis peu que j'en ai compris toute l'horreur, répondit-elle tendrement, car mon cœur était plongé dans une sorte d'engourdissement qui, pour moi, était le calme.

Giovanni's rage broke forth from his sullen gloom like a lightning flash out of a dark cloud.

«Accursed one!» cried he, with venomous scorn and anger. «And, finding thy solitude wearisome, thou hast severed me likewise from all the warmth of life and enticed me into thy region of unspeakable horror!»

«Giovanni!» exclaimed Beatrice, turning her large bright eyes upon his face. The force of his words had not found its way into her mind; she was merely thunderstruck.

«Yes, poisonous thing!» repeated Giovanni, beside himself with passion. «Thou hast done it! Thou hast blasted me! Thou hast filled my veins with poison! Thou hast made me as hateful, as ugly, as loathsome and deadly a creature as thyself—a world's wonder of hideous monstrosity! Now, if our breath be happily as fatal to ourselves as to all others, let us join our lips in one kiss of unutterable hatred, and so die!»

«What has befallen me?» murmured Beatrice, with a low moan out of her heart. «Holy Virgin, pity me, a poor heart-broken child!»

«Thou,—dost thou pray?» cried Giovanni, still with the same fiendish scorn. «Thy very prayers, as they come from thy lips, taint the atmosphere with death. Yes, yes; let us pray! Let us to church and dip our fingers in the holy water at the portal! They that come after us will perish as by a pestilence! Let us sign crosses in the air! It will be scattering curses abroad in the likeness of holy symbols!»

La fureur de Giovanni, longtemps contenue, jaillit comme un éclair du sein de la nue.

— Fille maudite, s'écria-t-il avec colère, fallait-il, parce que la solitude te pesait, me séparer à mon tour de la société de mes semblables pour m'entrainer dans l'horrible milieu où tu vivais !

— Oh ! Giovanni ! fit Béatrix en tournant vers lui ses grands yeux étonnés, car elle ne comprenait point ces paroles dont la violence l'avait terrifiée.

— Oui, créature empestée ! répéta Giovanni hors de lui-même, voilà ce que tu as fait. Tu m'as flétri, tu as infiltré dans mes veines le poison dont tu t'es nourrie pour faire de moi un être aussi hideux que toi, horrible monstruosité ! Eh bien ! si par bonheur notre souffle est aussi mortel pour nous qu'il l'est pour les autres, unissons nos lèvres dans un baiser suprême et mourons ainsi.

— Que m'arrive-t-il ? murmura Béatrix anéantie, Sainte Vierge, ayez pitié de mon pauvre cœur brisé.

— Tu pries ! s'écria Giovanni avec un mépris écrasant, tu ne sais donc pas que ta prière qui sort de tes lèvres est empoisonnée et qu'elle corrompt la pureté de l'air !... Eh bien soit, prions ; allons à l'église tremper nos doigts dans le bénitier du portail, ceux qui viendront après nous tomberont foudroyés. Faisons des signes de croix dans l'air, et nous répandrons la mort à l'aide de ce symbole sacré.

«Giovanni,» said Beatrice, calmly, for her grief was beyond passion, «why dost thou join thyself with me thus in those terrible words? I, it is true, am the horrible thing thou namest me. But thou, — what hast thou to do, save with one other shudder at my hideous misery to go forth out of the garden and mingle with thy race, and forget there ever crawled on earth such a monster as poor Beatrice?»

«Dost thou pretend ignorance?» asked Giovanni, scowling upon her. «Behold! this power have I gained from the pure daughter of Rappaccini.»

There was a swarm of summer insects flitting through the air in search of the food promised by the flower odors of the fatal garden. They circled round Giovanni's head, and were evidently attracted towards him by the same influence which had drawn them for an instant within the sphere of several of the shrubs. He sent forth a breath among them, and smiled bitterly at Beatrice as at least a score of the insects fell dead upon the ground.

«I see it! I see it!» shrieked Beatrice. «It is my father's fatal science! No, no, Giovanni; it was not I! Never! never! I dreamed only to love thee and be with thee a little time, and so to let thee pass away, leaving but thine image in mine heart; for, Giovanni, believe it, though my body be nourished with poison, my spirit is God's creature, and craves love as its daily food. But my father, — he has united us in this fearful sympathy. Yes; spurn me,

— Giovanni, reprit Béatrix avec calme, car sa douleur étouffait tout sentiment de colère, pourquoi t'unir à moi dans les terribles paroles que tu viens de prononcer ? Je suis, il est vrai, l'horrible créature que tu dis, mais toi ! que ne m'abandonnes-tu à ma triste destinée, en t'éloignant pour jamais de ce jardin et en arrachant de ton cœur jusqu'au souvenir de la pauvre Béatrix ?

Tu feins l'ignorance, répondit le jeune homme ; tiens, veux-tu connaître les dons affreux que m'a faits la pure fille de Rappaccini ?

Un essaim d'éphémères voltigeait dans l'air, en quête de la pâture que leur promettaient les fleurs de ce jardin fatal. Ils tourbillonnaient autour de sa tête, évidemment attirés par une odeur analogue à celle des plantes qui foisonnaient dans le parterre. Giovanni exhala son souffle sur eux, et montra avec amertume à Béatrix une pluie de ces petits insectes qui tombaient inanimés sur le sol.

— Je le vois trop, hélas ! s'écria Béatrix, c'est la fatale science de mon père qui a fait tout cela. Mais ne crois pas que ce soit moi, Giovanni. Mon seul rêve a été de t'aimer, de rester quelque temps près de toi, puis de te laisser partir, ne gardant dans mon cœur que le souvenir de ta chère présence. Car, mon Giovanni, si mon corps est nourri de poison, mon âme est d'essence divine et l'amour est son seul aliment. C'est mon père qui nous a réunis à mon insu dans cette terrible sympathie. Oui, repousse-moi !...

tread upon me, kill me! Oh, what is death after such words as thine? But it was not I. Not for a world of bliss would I have done it.»

Giovanni's passion had exhausted itself in its outburst from his lips. There now came across him a sense, mournful, and not without tenderness, of the intimate and peculiar relationship between Beatrice and himself.

They stood, as it were, in an utter solitude, which would be made none the less solitary by the densest throng of human life. Ought not, then, the desert of humanity around them to press this insulated pair closer together? If they should be cruel to one another, who was there to be kind to them? Besides, thought Giovanni, might there not still be a hope of his returning within the limits of ordinary nature, and leading Beatrice, the redeemed Beatrice, by the hand? O, weak, and selfish, and unworthy spirit, that could dream of an earthly union and earthly happiness as possible, after such deep love had been so bitterly wronged as was Beatrice's love by Giovanni's blighting words! No, no; there could be no such hope. She must pass heavily, with that broken heart, across the borders of Time — she must bathe her hurts in some fount of paradise, and forget her grief in the light of immortality, and THERE be well.

But Giovanni did not know it.

foule-moi aux pieds… tue-moi… Qu'est-ce que la mort auprès de ton mépris ? Mais ne me crois pas coupable, car pour une éternité de bonheur, je ne voudrais pas avoir fait ce que tu me reproches !

Cependant, la colère du jeune homme s'était dissipée en s'échappant de ses lèvres. Il ne lui restait plus que le sentiment douloureux, mais non sans un mélange de tendresse, des relations intimes qui existaient entre Béatrix et lui.

Ils étaient là tous deux, jeunes, beaux, s'aimant d'un profond amour, isolés, mais dans une solitude enchanteresse, séparés du monde extérieur par quelques buissons de fleurs. Ils pouvaient vivre ainsi s'ils l'avaient voulu, étant l'un pour l'autre un univers, loin des bassesses et des lâchetés de ce monde, dont il leur semblait si cruel d'être exclu. Il y avait là, sans qu'ils s'en doutassent, un paradis d'éternelle félicité.

Mais Giovanni l'ignorait.

«Dear Beatrice,» said he, approaching her, while she shrank away as always at his approach, but now with a different impulse, «dearest Beatrice, our fate is not yet so desperate. Behold! there is a medicine, potent, as a wise physician has assured me, and almost divine in its efficacy. It is composed of ingredients the most opposite to those by which thy awful father has brought this calamity upon thee and me. It is distilled of blessed herbs. Shall we not quaff it together, and thus be purified from evil?»

«Give it me!» said Beatrice, extending her hand to receive the little silver vial which Giovanni took from his bosom. She added, with a peculiar emphasis, «I will drink; but do thou await the result.»

She put Baglioni's antidote to her lips; and, at the same moment, the figure of Rappaccini emerged from the portal and came slowly towards the marble fountain. As he drew near, the pale man of science seemed to gaze with a triumphant expression at the beautiful youth and maiden, as might an artist who should spend his life in achieving a picture or a group of statuary and finally be satisfied with his success. He paused; his bent form grew erect with conscious power; he spread out his hands over them in the attitude of a father imploring a blessing upon his children; but those were the same hands that had thrown poison into the stream of their lives. Giovanni trembled. Beatrice shuddered nervously, and pressed her hand upon her heart.

— Chère Béatrix, dit-il en s'approchant de la jeune fille qui tressaillit à son contact, bien chère Béatrix, notre sort n'est point encore désespéré. Voici un précieux antidote, dont un savant médecin m'a affirmé l'efficacité quasi miraculeuse. Cette liqueur est composée d'ingrédients opposés aux terribles matières dont ton père s'est plu à nous pénétrer. C'est une distillation d'herbes alpestres. Buvons ensemble, si tu le veux, et purifions nos corps du venin qui les parcourt.

— Donne, donne vite ! s'écria Béatrix, étendant la main pour recevoir le flacon qu'il tirait de son sein. Je vais boire… mais, toi, attends l'effet de cette liqueur pour suivre mon exemple.

Elle porta la fiole à ses lèvres. En même temps apparut émergeant du portail sombre la pâle figure de Rappaccini, qui se dirigea lentement vers les deux amants. En contemplant ce beau couple, un sourire de triomphe vint éclairer le visage impassible du vieillard, le sourire de l'artiste qui vient de terminer son chef-d'œuvre et se recule pour en admirer l'ensemble. Il s'arrêta… son corps, qui semblait voûté par les années, se redressa… il étendit les mains sur eux, levant les yeux au ciel, comme s'il implorait sur eux la faveur de ses bénédictions. Mais ses mains étaient les mêmes qui leur avaient versé le poison ! Giovanni frissonna, Béatrix tressaillit et porta la main sur son cœur pour en comprimer les battements.

«My daughter,» said Rappaccini, «thou art no longer lonely in the world. Pluck one of those precious gems from thy sister shrub and bid thy bridegroom wear it in his bosom. It will not harm him now. My science and the sympathy between thee and him have so wrought within his system that he now stands apart from common men, as thou dost, daughter of my pride and triumph, from ordinary women. Pass on, then, through the world, most dear to one another and dreadful to all besides!»

«My father,» said Beatrice, feebly,—and still as she spoke she kept her hand upon her heart,—»wherefore didst thou inflict this miserable doom upon thy child?»

«Miserable!» exclaimed Rappaccini. «What mean you, foolish girl? Dost thou deem it misery to be endowed with marvellous gifts against which no power nor strength could avail an enemy—misery, to be able to quell the mightiest with a breath—misery, to be as terrible as thou art beautiful? Wouldst thou, then, have preferred the condition of a weak woman, exposed to all evil and capable of none?»

«I would fain have been loved, not feared,» murmured Beatrice, sinking down upon the ground. «But now it matters not. I am going, father, where the evil which thou hast striven to mingle with my being will pass away like a dream-like the fragrance of these poisonous flowers, which will no longer taint my breath among the flowers of Eden.

— Ma fille, dit Rappaccini, tu ne seras plus seule au monde : cueille une des belles fleurs de cette plante, ta sœur, et donne-la à l'élu de ton cœur. Elle ne peut plus lui nuire. Ma science et votre amour ont accompli ce miracle. Passez maintenant, mes enfants, au milieu de ce monde pervers, vous adorant tous deux et fatals à qui vous approchera.

— Mon père, dit Béatrix d'une voix faible, tenant toujours la main sur son cœur, pourquoi as-tu fait cet horrible don à ta malheureuse fille ?

— Malheureuse ! répéta Rappaccini, que veux-tu dire, folle enfant ? Crois-tu qu'il soit malheureux d'être doué de dons merveilleux contre lesquels viendront échouer les efforts de l'ennemi le plus puissant ? Malheureuse ! parce que tu es aussi terrible que belle ! Aurais-tu préféré la condition ordinaire des femmes sans défense contre les outrages et incapables de se venger ?

— J'aurais voulu être aimée plutôt que crainte, murmura Béatrix, en s'affaissant sur elle-même, mais il est trop tard maintenant. Je m'en vais dans un lieu où le poison qui m'infecte s'évanouira comme un rêve, où le parfum des fleurs vénéneuses sera remplacé par celui des fleurs de l'Éden.

Farewell, Giovanni! Thy words of hatred are like lead within my heart; but they, too, will fall away as I ascend. Oh, was there not, from the first, more poison in thy nature than in mine?»

To Beatrice,—so radically had her earthly part been wrought upon by Rappaccini's skill,—as poison had been life, so the powerful antidote was death; and thus the poor victim of man's ingenuity and of thwarted nature, and of the fatality that attends all such efforts of perverted wisdom, perished there, at the feet of her father and Giovanni.

Just at that moment Professor Pietro Baglioni looked forth from the window, and called loudly, in a tone of triumph mixed with horror, to the thunderstricken man of science, «Rappaccini! Rappaccini! And is THIS the upshot of your experiment?»

Adieu, Giovanni ! Tes paroles de haine ont brisé mon cœur, mais je les aurai bientôt oubliées.

Ainsi périssait Béatrix, dont le poison avait été la vie et dont l'antidote causait la mort ; ainsi s'évanouissait aux pieds de son père et de son amant cette triste victime de la science et de la fatalité.

En cet instant le professeur Raglioni parut à la fenêtre du jeune homme, et d'un ton de triomphe mêlé d'horreur, il cria au savant terrifié :

— Rappaccini ! Rappaccini ! Est-ce là le résultat de votre expérience ?

End

Fin

*DANS LA MÊME ÉDITION BILINGUE + AUDIO INTÉGRÉ :*

- LES VAGABONDS DU RAIL (Jack London) *anglais-français*
- WALDEN, OU LA VIE DANS LES BOIS (Thoreau) *anglais-français*
- LA DÉSOBÉISSANCE CIVILE (Thoreau) *anglais-français*
- MA VIE, MON ŒUVRE (Henry Ford) *anglais-français*
- MA VIE D'ESCLAVE AMÉRICAIN (Frederick Douglass) *anglais-français*
- LE LIVRE DES MERVEILLES (Nathaniel Hawthorne) *anglais-français*
- RASSELAS, PRINCE D'ABYSSINIE (Samuel Johnson) *anglais-français*
- LE JOUEUR D'ÉCHECS (Stefan Zweig) *allemand-français*
- LE BOUQUINISTE MENDEL (Stefan Zweig) *allemand-français*
- LES CAHIERS DE MALTE LAURIDS BRIGGE (R.M. Rilke) *allemand-français*
- LES SOUFFRANCES DU JEUNE WERTHER (J.W. Goethe) *allemand-français*
- LE PRINCE (Nicolas Machiavel) *italien-français*
- LES AVENTURES DE PINOCCHIO (Carlo Collodi) *italien-français*
- MAX HAVELAAR (Multatuli) *néerlandais-français*
- LE PETIT JOHANNES (Frederik van Eeden) *néerlandais-français*
- MÉMOIRES POSTHUMES DE BRÁS CUBAS (M. de Assis) *portugais-français*
- CONTES (H.C. Andersen) *danois-français*
- BARTEK VAINQUEUR (Henryk Sienkiewicz) *polonais-français*
- LE PORTRAIT (Nicolas Gogol) *russe-français*
- LA FILLE DU CAPITAINE (Alexandre Pouchkine) *russe-français*
- NIETOTCHKA NEZVANOVA (Fiodor Dostoïevski) *russe-français*
- NOUS AUTRES (Ievgueni Zamiatine) *russe-français*
- LA MÈRE (Maxime Gorki) *russe-français*
- UNE MAISON DE POUPÉE (Henrik Ibsen) *norvégien-français*
- LA SAGA DE NJAL (Anonyme) *islandais-français*

*Impression CreateSpace*
*à Charleston SC, en février 2018.*

*Imprimé aux États-Unis.*

Découvrez l'ensemble de nos ouvrages
sur notre site :

www.laccolade-editions.com

www.ingramcontent.com/pod-product-compliance
Lightning Source LLC
Chambersburg PA
CBHW050832180626
46814CB00004B/1578